影を歩く

小池昌代

方丈社

「妙に静かな一日だと思ったら
影だらけじゃありませんか」

影を歩く　目次

対話　まえがきにかえて　9

1章

油揚げ　14
三つの穴　18
西日のさす家　25
柿の木坂　34
不思議な矢印　43

2章

二重婚　50
敗ける身体　54
清水さんは、許さない　66
傷とレモン　74

3章
帽子 84
塩をまきに 88
墓荒らし 96
水鏡 104
あみゆるよちきも 115

4章
祝祭 132
象を捨てる 136
面影について 145

亀
あとがきにかえて 155

影を歩く

対話　まえがきにかえて

店はあと三十分ほどで閉店になる。

気の早い店員が、窓際の席の椅子をひっくり返し、テーブルの上にあげていくのが見えた。心寒いような気持ちになっていると、まだ早いと言うように、別の店員がそれを止め、一旦あげられた椅子が、再び、元の秩序に戻されていく。

店内にはわたしたちと、ひとり客の数人が残っているだけだ。

久しぶりに会ったとはいえ、話も尽きた。そう思った先から、ボロボロとこぼれるように会話は続き、いつしか吸い込まれるように、話題は「影」のなかへと入っていった。

「この頃、自分の影をしみじみと見ることがあるわ」

「ああ、そうだな、ある。これが俺かと」

「これが私かって。自分の影もまた、一つの自画像なのよね。鏡に映った自分には、違和感を覚えることもあるのに、自分の影は何よりも自分という気がして」

「それこそ、分身」

「そうなの」

「影を踏む遊びをしたことは？」

「あの遊びは楽しめなかったわ。人の影を踏みつけることに躊躇するものがあって、そんなこと、なかった？」

「踏むとその人が死ぬとか？」

「うん。誰に止められたわけでもないのに、自分のなかでタブーが働いて。ほら、横たわっている人をまたいではいけない、みたいなことを親から言われたことはない？　あれに似た感覚。影を踏むだけなのに」

「ただ、自分の影だけはどうしても踏めないよ」

「それはその通りね。影は生きてるみたい。殺そうとすると、いや、踏もうとすると、するっと逃げる。どうしたって捕まえられない」

「自分と影とは、そういう関係なんだな」

「つまり自分の影は自分じゃ殺せない。生きていくなら、やつとうまく付き合っていけというわけね」

するとと影に懐かしい感情が湧いた。自分が死んだら、その影も死ぬ。

「盛りの夏なんかに――」

これから冬に向かう季節のなかにいて、わたしは夏の樹木の姿を思い出していた。

「――街路樹から、一本、一本、濃い影が伸びてることがあるでしょう。ごく普通の、当たり前の風景なんだけれど、いつまでも見ていたいと思うんだ。あの影たち。もう永遠に。この感情って何なのかしら」

そう、あれは何なのだろう。再び心中で問い直すが、答えなど、見つかるはずもない。

不意に彼が立ち上がった。

「帰るの？」

「もう、閉店みたいだ」

いつの間にか、店にはわたしたちだけが残っていた。

立ち上がった彼は、前よりだいぶ痩せて、少し呼吸が苦しそうだ。「また会おう。また話そう」と言う、その目だけは前より優しく感じる。

わたしもまた、うん、うんと、うなずきながら、その「また」が本当に来るといいと思っている。

影について話すなんて、バカのするような話に付き合ってくれるのはたくさんいない。と言うか、この人だけだ。

しかし約束はしないでおく。

いつかまた、会えたら会おう。雲の上に浮かべるように、約束はゆるく結び別れる。

笑顔になった彼の顔が、次第に小さくなり、遠くなって、やがて黒い点になったかと思うと、ぱっと消えた。

気がつくとわたしは一人で、地下鉄の階段を降りていた。

彼の名前、彼の居所、どこで知り合ったのかも思い出せないが、手をつないだ遠い日の記憶が手のなかから湧いた。自分でも不思議で、空っぽの手の内を見る。

また会おう。また話そう。

自分の声なのか、彼の声なのか、影のように湧く声にも温度があった。

1
章

油揚げ

あなた大丈夫？

初めて出会った女の人が
いきなり
わたしを見て
不安げに言う

何がですか
そう言ったとたん
問われた意味が

魚の影のように
わが額をよぎる

わたしは四十九で家を出たの
輝くような目をして
その人が言う
そして
かろうじて
今があるの

大丈夫よ
その人が断言する
ついさっき
大丈夫？　と聞いたくせに

何がですか
とは　もう聞けなかった

今がそのときだと
わたしにはわかった

来たバスに乗り
運転手の背後から
前方を熱く見つめれば
焦げ臭い匂いがして
つきあたりで
いきなり
家が燃え始めていた

自分がどこから来て

何をしていたのかを
忘れてしまう

駅前に置いてきてしまったのは
自転車
それとも油揚げ

川が氾濫し
橋も決壊するだろう

三つの穴

都内随一といっていい広大な敷地のなかに、存外、深い森が広がっていた。園内を横切って、一つ先の駅まで歩く。それがここ数年の習慣になった。

園内には舗装されたまっすぐな本道の他に、あまり知られていない裏道がある。歩行者の多くは駅までの近道でもある本道を行くが、わたしは好んで裏道を行く。カーブあり坂道ありの、獣道めいた土の道。周囲には木が鬱蒼と生い茂り、昼間でも天井が枝葉で覆われている。そこから木漏れ陽が多少はさし込むものの、本道に比べれば、だいぶほの暗い。巨大ないきものの胎内を縫って歩くような感覚があった。

以前、誘って一緒に歩いた人に、「昼間でもちょっとこの道は怖いわ」と言うと、「きみは大丈夫だ、襲われるのは若い女だけだ」と真面目な顔で言い切られた。それはそうでしょうけれどもと会話は続かなかった。彼はわたしを安心させようとしたのだろうか。何をどのように言われたところで、この道を行く怖さは減らない。そもそもわたしは怖さを欲していた。何かの予兆のように広がる、清々しい怖さを。

歩くことで気持ちを整えたり、あるいは切り替えたり、怒りを鎮めたり哀しみをなだめたり。ときには思い出したくないようなことを思い出したりもするが、それもまた心の整理のうち。道を歩いていて何を思い出すのかは、自分でも皆目わからない。

「ご存知ですか？　あの公園にはあまり知られていない裏道があるんですよ。それがちょっと独特で、なかなか面白くてね……」

わたしはよく、何か秘密でもあかすように、あるいはまた隠れた秘境を教えてあげるというような調子で、得意げになって道のことを口にした。なかには「へえ」などと聞き上手になってくれる人もいるが、ほとんどの人は無関心だ。それに気づいたとき、わたしは最初、なぜだろうと思い、やがてそれをなぜだろうと思う自分のほうがおかしいのだと気づいた。

裏だろうが表だろうが、誰も「道」などに興味はない。忙しい日常のなかで、遠回りの道行きなど、誰がわざわざ好んでするものか。そう、頭でわかっているにもかかわらず、わたしは道のことになると、相手を問わず熱心に語りかけ、次第に道へと誘いかけるようなことをしてしまう。わたしの「道がたり」を聞かされる人の目から、いつしかふうっと光が失われ、かわって何か奇異なもの（わたしのこと）を見るような色が浮かぶのを見て、この頃では、ようやく自分を戒めるようになった。道のことなど、安易に語るまいと。

二十年近く前、妊婦だったわたしは、毎日、同じ道を散歩していた。高齢の妊婦だったこともあり、妊娠中毒症をさけるためにも適度な運動が必要とされていた。それには歩くことが一番いいと言われ、おかげで無事、自然分娩をすることができた。

森の道を、ただ行って帰ってきた無為の日々。裏道歩きは、およそ半年間続き、わたしはひたすら理想的な妊婦になるべく、禁欲的な生活をおくっていた。塩分をとりすぎてはいけない、アルコールもだめ、カルシウムが失われるので、毎日一杯のミルクは必須。すべておなかの子に理想的な環境を提供するため、わたしは胎児の「育成器」となって、胎内環境の美化に努めた。妊婦でありながら修行僧のようであった。その禁欲生活には、ぎらぎらするような高揚があった。思い出すと、自分のことながら不気味なものを見るような思いがする。

森の道をわたしが行くとき、胎児には木々の影が落ち、木漏れ陽がふりそそいだはずだ。しかし今、青年となった彼の額に、そのような痕跡はまったくない。

森のなかの道は参道に似て、その参道を行くわたしのなかの「参道」を通って出てきたあの子は、二重の参道のなかを通って生まれてきた。森の産んだ子だといってもいいが、わたしはただ、道を歩いただけだ。

森の道の途中に、赤壁の小屋を見つけたのは一ヶ月ほど前のことだ。二十年前にはなかったもので、正方形のその建物は、小さいながらもがっしりとした造りに見えた。トイレならトイレ、事務所なら事務所と、何か看板でも出してくれればいいのに、その小屋は小屋であるほか何も主張しない。

ある日、その小屋から、若い青年が出てきた。赤いチェック柄のシャツを着ていて、夏ならそのかっこうのままで、近くの山へ登りに行けそうだ。

ちょうど道に出てきたところにぶつかったので、「あの小屋、なんなんですか」と聞いてみた。即座に「管理事務所ですよ」という答えが返ってきた。すると青年は、管理職員というわけか。言われてみると何もかもが腑に落ちた。自分も以前から、管理事務所だと思っていたような気がした。会話はそれ以上、続かなかった。ぶっきらぼうな青年の言い方が、それ以上の質問をこちらに慎ませたところもある。しかし管理事務所とはなんだろう。人が常駐しているのか、物が置いてあるのか、寝泊まりはできるのだろうか。あとになって疑問が次々わいてきた。

別の日、その管理事務所から、今度は年配の女性が出てくるのに行きあった。わたしは歩みをゆるめ、彼女を待って、「あの小屋、なんなんですか」と再び聞いた。

女性はトイレ、トイレですよと言った。駅までの長い道にトイレがないから、もたないで困っていたの。出来てよかったわ。あたし病気をしたあと、下半身の筋力がすっかり落ちてしまって、気づかないうちに、尿や便が漏れてしまうの。この年になって、パットやおむつのお世話になるとはね。女性は初めて会ったわたしに、いきなり、そんなことを話し始めるのだった。

管理事務所だと思っていたが、トイレと言われると、トイレに見えた。そう、わたしは、最初からトイレと思っていた。うなづきながら耳を傾けた。女は女というだけで、仲間になる。若い頃は恋敵にもなりえよう。しかしある年齢をすぎてみると、女は個を保つ一方で、誰もが平べったくなり、目鼻を失いながら、次第に女という集合体になっていくような気がする。

そのとき女性のした話は、珍しいものではなかった。わたしの母がまさに同じ状態だった。だから母は遠出というものをしなくなった。今のおむつやパットはよくできていて、表面がさらさらだから、漏れても本人は少しも気づかないのだと母は言った。ときどき母が臭うことがあって、おかあさん、臭うわよ、と言うと、そうお？　と本人は悠長にかまえている。自分の臭いは臭わないのだ。それは一つの救いかもしれない。

母は半世紀のうちに溜まりに溜まった物に囲まれて暮らしている。娘のわたしが片づけと称して、勝手にそれらを処分しようとすると怒る。穏やかに、母の気持ちに沿ってと思うのはほんの一瞬で、いつも、娘は家ごと処分したくなり、母は布切れ一枚にも固執する。

あるとき、帰りがけにふと見ると、母はストーブがガンガンとたかれた部屋で、じっと横になっていた。はっとした。一瞬、母が死んだように見えた。けれどそのほっぺたは、熱にあてられて真っ赤だった。ワックスをぬられたりんごのようだ。てかてかと真っ赤に光っていて、わたしはそれをじっと見下ろした。

あのプラスチックのような母のほっぺた。わたしは女性に言葉を返す。

「大変ですね、母も同じなんです。だからわかります。それにしても、トイレだったんですね。このあいだ、『管理事務所だ』なんて、言う人がいて」

口にすると、自分の声が憤慨に聞こえた。なぜあんな嘘を言ったのかしらと思う。小さなことだからこそ違和感が募る。青年の顔を、もうわたしは覚えていない。

「ああ、トイレの前には管理事務所だったこともあるのよ。管理事務所になる前は、穴が三つ空いてるだけだった」

「穴が三つ」

わたしと女性は、一瞬見つめ合い、互いの目のなかに、暗い三つの穴を探した。

西日のさす家

村岡家に嫁として入ったとき、美沙子さんは二十八で、当時はかなり遅い結婚と言われた。婚家にはまだ、夫の妹たち、いわゆる小姑の義妹二人がいた。

純和風建築の村岡家には、西に向いた部屋が二つあり、一つは一階の十畳の居間。もう一つは二階にある六畳間。いずれも西日が厳しくさし込む。当時、義妹二人は、二階のほうに暮らしていて、この家の西日は容赦がないと文句を言った。二人とも美沙子さんがやってきてから、ほどなくして嫁にいった。

最初は下の義妹。会社で知りあった恋愛結婚だった。早く相手と一緒に暮らしたかったから、彼女は飛ぶように家を出ていった。

上のほうの義妹はまるで違った。傍目にも不本意で、いやいやだった。美沙子さんは、それが自分のせいのような気がして胃が傷んだ。上の義妹は結婚をあせらされたのだ。本人によれば、第一印象から、好感を持てる相手ではなかったが、今行かないと、一生、結婚できないと言われ、自分でもそんな気がして行くことにしたのだという。おそらくもう少し実家にいたかったが、兄嫁のいる家に長くはいられなかったのだろう。

美沙子さんは、二人が出ていってやっぱりほっとした。からっぽになった西日のさす六畳間を、美沙子さんは義理の両親から、自分の部屋として使ってよいと言われ、そこに鏡台と小さな本棚を置いた。学生の頃から和歌が好きだった。歌の創作はできなかった。もっぱら読むのは、万葉集から中世に至る和歌である。特に好きだったのは式子内親王《しきしないしんのう》の御歌で、解説付きの薄い歌集を、嫁入り道具として携えてきたが、それを開く時間も、読む時間も、なかなか作ることはできなかった。

夫の昭一さんは、鉄鋼会社に勤めるサラリーマンで、和歌とか詩歌にはまったく興味がなく――かといって何か特別な趣味もなかったが――美沙子さんがそういうものが好きだと聞いても、ふーん、そうなのかと言うだけだった。けれど、二人は、そういうのでいいと思っていた。そういうのとは、夫婦だからって、なにもかも同じにしなくていい、ばらばらでいいということ。

以来、半世紀。義理の両親、自分の両親をおくり、夫が退職し、子供たちも独立すると、美沙子さんはようやく、家族という束縛から自由になった。そう思ったときには、すでに十分年老いていて、夫の昭一さんには前立腺がんが見つかった。がんといっても、老衰に伴って、実にのろのろと進行し、痛みが出るということもない。そうこうするうち、もともと弱かった昭一さんの心臓のほうが、いよいよ悪くなって、日々の呼吸すら苦しくなった。食欲が落ち、筋肉が衰え、次第に寝ていることが多くなった。診断を受けると、余命数年を告げられた。

運よく近所に、医者が見つかった。「在宅ホスピス」として、終末の緩和ケアを掲げる病院だった。なにもかもを飲み込んだ先生と、よく気がつく看護師さん、スタッフさんたちが、毎日のように家に寄ってくれる。美沙子さんは、家のなかで一番広い居間の窓辺に介護ベッドを置いた。酸素ボンベやポータブルトイレもレンタルで配備して、昭一さんを看《み》ることにした。そこまでを見越してから、ようやく二人の子供たちに連絡をした。

いよいよ、おとうさん、先が短いのよ。

のんきな娘も驚いてやってきた。どうするの？　どうするのって、もういつ、いってもおかしくないそうよ。病院でなく、この家で看取ることにしたの。おとうさんもそれを望んだし。えっ、そんなこと、できるの？　大丈夫なの？　おかあさんがきついでしょう。

病院に入れたら？　そのほうが楽でしょう？

娘は四十五になっていたが、独身で、父親がもうすぐ死ぬかもしれないということを、どうしても実感できないようだった。介護するという現実にもついていけないようだった。長男からは電話があった。仕事がたてこんでいて、なかなか帰れない。許してくれ。金、送るよ。

美沙子さんは、娘も息子もあてにはしていなかった。二人は可愛かったし、夢中になって育てはしたが、どちらも思いどおりにはならなかった。こうなればいいがという理想を美沙子さんも持っていた。そして最後は、元気ならばそれでいいと諦めもしたが、諦めきれないものもあった。息子は十三歳年上の女性と結婚し、そのとき嫁は、すでに子供が産める年齢ではなかった。娘はいまだ独身だが、出産にはそろそろ限界の年齢だし、結婚や出産にまるで興味を持っていない。

わかっている。子供たちの人生と、自分の人生とは違う。そんなことを口にしても、誰もどうすることもできない。口にするのは間違っているし、子供たちの人生を否定することになる。だけど、さびしい。いつのまにか、堂々たる年齢に至った子供たちを、美沙子さんは他人のように遠くに感じる。

夕暮れになれば西日がさす、そのときだけは眩しい部屋だった。おとうさん、眩しい？と美沙子さんは聞く。おれはかまわないよ。日あたりがいいのが一番じゃないか。

西日は日あたりとは、微妙に違う。だが、そうですか、と言って収める。美沙子さん自身は西日が嫌いだった。それは西からさす、ただの光だ。なのになんと強いこと、熱いこと。畳が焼ける。室内も蒸し暑くなる。夏だと冷房代がばかにならない。焼けるというのは、もちろん燃えるという意味ではない。変色して物が消耗するということ。美沙子さんは、畳を長くもたせるため、西日がさし込んでくるたび、えんやこらしょと、窓を分厚いボロ布で覆った。趣味が悪くて、目を覆いたくなるものだったし、娘には汚いと嫌がられたが、そのためにカーテンやブラインドを新調するという発想を美沙子さんは持たない。はっきり言えば「どけち」だった。

そんなボロ布でも最低限の効果はあり、窓を覆えば、室内には一気に影がさす。ほの暗さのなかに座っていると、美沙子さんはいつでも心が静まった。

ねえ、あんた少し手伝ってくれない？　もし、よかったら、ここへ帰ってきて、一緒に暮らさない？　ある日、美沙子さんは、娘に尋ねる。勇気がいった。あてにしてはいけないと自分を戒めてはきたが、体がだいぶ、きつくなってきていた。

だが娘からは即座に断られた。一緒には住めないわ。ごめんね、おかあさん。でも助ける。介護はするから。おかあさんだけにはさせないから大丈夫よ。

娘には恋人がいた。恋人がいないことのない美しい娘だった。その美しさは、美沙子さんの自慢の種だった。けれどもその美しさが引き寄せるものは、どういうわけか、幸せではないように美沙子さんは感じていた。今度もきっと、結婚できない相手なのだろう。なぜなら、顔に影がさしているから。漠然とした予感にすぎないが、娘がよくない恋を始めると、目の端々に暗い影がうようよとわいてくる。若い頃は、それが艶めいても見え、美沙子さんは執拗に、娘を責め立てた。女として許せなかったのかもしれない。忠告を聞くような娘ではなかった。そんな影が今も兆している。この頃ではもう陰険なだけの影が。

愚か者。最初に好きになった相手が既婚者だったことを、娘自身は何も言わなかったけれども、美沙子さんはとうに見通していた。あれから娘は何か癖になったように、そんな相手とばかりつきあうようになった。娘は苦しむ自分にうっとりしているのかもしれない。他人だったらよかったのに、その女は縁の切れない娘だった。

娘さんには娘さんの人生があります、見守るしかないのですよと、遠い昔、新聞の人生相談で回答者が言った。それは美沙子さんとは別の人の、別の相談に答えたものだったが、当時は美沙子さんのなかに、深く沈んだ。血みどろの喧嘩をしてでも、やめさせればよかった。なぜ自分はそれをしなかったのだろうと、美沙子さんは白い顔で考えている。

娘は今、一日置きに来て、二時間ほど家にいて、美沙子さんと少ししゃべって帰る。何でもすると言うが役に立たない。タオルを畳んでくれるので、ありがとうと言う。仕事はうまくいっているの？　何をしているのかも知らないくせに、美沙子さんはそんなふうに尋ねてみる。まあ、なんとかね。

西日が強いのよねえ、ここ。なんとかしたいのだけれど。美沙子さんがそう言うと、昔っからだよねこの家、と娘は答える。おかあさんの好きな、あの布をかければいいじゃない。あれ程嫌っていたボロ布を、かければいいと言うので美沙子さんは驚く。あんたあれ、毛嫌いしていたじゃない。かけてもいいの？　おかあさんらしくもないことを言うのね。ないよりは、ましでしょ。あれでいいじゃない。娘の声は、どんよりとしている。

そうこうしているうちに、きつい西日も柔らかくなり、夜が来て、娘は帰っていく。誰かに会いにいくのだろうか。梅雨の時期の、月も出ない暗い夜を、「五月闇」って言うのだわと美沙子さんは思い出す。

昭一さんは、もう口を開けなくなっていた。その目が、その体が、感知できるものは、光と影だけだった。ものの輪郭や、その具体的な状態は、かすんでぼんやりとしか見えないのだ。けれど朝と夕方に、光がさし込んでくるのはよくわかった。そんなとき、自分が窓辺にいることをうれしいと思った。夕方の光はとりわけ強かったが、その光を嫌いではなかった。これが妻の言う西日に違いない。

夫が眠ると、美沙子さんは好きだった歌集を開く。

山深み春とも知らぬ松の戸にたえだえかかる雪の玉水

ふと目についた式子内親王のこの歌に、美沙子さんの目は吸い寄せられた。若い頃にも読んだはずだが、記憶には残っていない。今初めて、読むような気がする。「雪の玉水」と口にすると、硬く凝り固まったものが、水分を含んで柔らかくなり、今にもほろほろと溶けていく心地がする。

山が深いので、まだ春が来たともわからないような松の庵の戸に、雪解けの水が落ちかかっている――。

美沙子さんには、この松の戸が、自分のように感じられた。わびしい山奥の、誰の目にもとまらない松の戸。そこにふりかかる雪解けの水。うつらうつらとして、美沙子さんは歌と夢の境をさまよっている。

同じとき、昭一さんは閉じたまぶたに、強い光がさし込むのを感じた。西日だ。西日に違いない。我が生涯を最後に照らす強い光。今は夕方。世界はこれからゆっくり夜に入っていくのだろう。

左腿の上部側面には、激しい床ずれができていた。その傷の上を西日が通るとき、かすかに肉の腐臭がたつ。死にゆく人間が、最後に放つ間際の臭い。だが本人には決して臭わない。昨日来た医療スタッフが、褥瘡《じょくそう》ケア用のぴったりとした治療テープを貼ってくれた。だから痛みは軽減されたが、それで治りが早まるというわけでもない。昨日より今日のほうがよくなっているというのは、未来を生きる者の話だ。

本格的な夏がくる。その前にいくだろうと昭一さんは思う。死ぬときは一人だな。そう思うと、胸のなかが照らされたように明るくなった。

柿の木坂

柿の木坂に住む同僚を訪ねたことがある。その家の庭には柿の木があった。訪ねる前から彼女には言われていた。

「迷ったら、大きな柿の木がある家だと言って。たいてい、わかるから」

よほどに目立つ木なのだろうと思った。

その日のことはよく覚えている。

夏の盛りの頃だった。地図の読めないわたしは、案の定迷い、吹き出る汗をぬぐいながら、道ゆく人に尋ねていた。

「大きな柿の木がある家なんです。ご存知ないでしょうか」

すでに見たことがあるかのように、わたしは聞いた。想像のなかで、確かにそれは、屋根を覆うほどに枝葉を広げていた。

近くまで来ていることは確かだった。

三人に聞いたが、三人共にわからない。最後の一人はとても綺麗なおばあさんで、古くからこのあたりに暮らすという人だった。

「柿の木は、昔、この一帯にたくさんあったのよ。農家が多くてね。秋になると、柿の赤い実があっちにもこっちにも。近頃はすっかり見かけなくなったわ。今は広い庭を持つお屋敷ほど、相続のときに切り売りされてしまう。一軒の敷地が、カステラのように細長い三つの土地になったり、ときにはそのあとに素早くアパートが建ったり。住民もだいぶ入れ替わったはずよ。柿の木だけじゃ、わからないわね。他に情報はないの？」

「住所があります」

最初から素直にこれを言えばよかった。

「なんだ、柿の木坂じゃないの、ここからはちょっと歩くわ。六、七分かしら。このあたり、初めて？」

「ええ。初めて来たんです」

飯田橋にあった小さな雑誌社。わたしたちは、編集長を加えた、たった三人で、さまざまな印刷物の編集を手がけていた。タウン誌、パンフレット、個人の詩歌集……。細かい仕事が、途切れる間《ま》もなくあった。

同僚といっても、彼女はわたしよりも一回り上。けれど中身は、わたしほどもすれておらず、純粋でお嬢さんのような人だった。

わたしたちは、どちらも独身だったが、わたしには結婚の予定もないままつきあっている人がいた。彼女には、その影もなかった。そもそも男性とは、つきあったことがないと言う。同性から見ても魅力のある人だけに驚いてしまった。お茶くらいは飲めても、怖くて深い関係にはふみこめないのだそうだ。

そんな彼女が、ときどき、とてつもなく激しい「性夢」を見るというのだから、聞かされたときにはこれまた驚いた。セームなどと言われても、即座に意味すらわからない。なんて虚しい二文字熟語だろう。

どんな夢なの？　と聞いたが、恥ずかしいと言って何も教えてはくれない。とにかくそれは、目覚めたあとも痕跡がはっきりと肉体に刻まれているほどの、たいへん生々しい経験なのだという。

「へええ。わたしもそんなリアルな夢、見てみたいわ」

好奇心からそう言ったが、妄想の肉体より、実際のほうがいい。彼女を現実のなかへ押し出したい気持ちだったが、夢を語るときの彼女は、まさに夢見る人。誰のどんな言葉も聞かないというふうだ。自らそれを夢と言っておきながら、リアルな実体験だと考えているふしもあり、聞いたこちらが困惑する。

あの日は結局、約束していた時間に、少し遅れて到着した。携帯電話も、広く出回っていない頃のことだ。

辿り着いたそこは、古いが風情のある平屋の日本家屋。時代はバブルに沸く頃だったから、ひっそりと取り残された感じもあった。木製の外門には木の屋根までついている。家のぐるりを背の高い緑の生け垣が囲っていた。生け垣の向こうには庭が広がり、その中央に、きっと柿の木がある。ここからはまだ、何も見えないけれど。柿の木はどこかしら。柿の木は。

「遅かったわねえ、心配していたのよ」

彼女の声がして、玄関の戸ががらがらと開いた。到着するまでのことは口にしないで、ごめんなさいとあやまった。

招き入れられた玄関脇で、「柿の木は」と尋ねようとすると、わずかに早く、彼女が言った。

「あれよ、あれが柿の木よ」

指差す方向にはこんもりとした庭木の一群《ひとむれ》が見えたが、まだ実一つ、つけているわけでもなく、どれが柿の木か、わからない。そのとき初めて、自分が柿の木のことを、まるで知らないということに気がついた。

奥から彼女のお母様が出てきた。

「まあまあ、よくいらっしゃいました。娘がいつもお世話になっておりまして」

「いえいえ、お世話になっているのはわたしのほうです」

言葉どおり、わたしは彼女に、すごく世話になっていた。神経質で鬼のような編集長の叱責を、彼女は常に、間に立ってかばってくれた。編集長には、よく言えば入念、いわば執拗で偏執的なところがあり、部下二人のやり方が少しでも気に入らないと、すぐに感情を爆発させる。彼女自身もよく叱られていた。苦労を知らない人だと思っていたのに予想外に打たれ強く、すぐにメソメソするわたしなんかとは違って、きつく叱られるのがうれしいみたいだった。わたしマゾだもんとニコニコして言うその顔は、少し紅潮し輝いている。怒る編集長のほうが滑稽に見えたくらいだ。

暑かったでしょう。水出し緑茶を、あなたのために作ったの。暗い廊下を伝って居間へ通される。庭に面したガラス戸が全面開け放たれていた。

庭の中央に、ひときわ大きな木が一本立っている。つやつやと濡れたような濃い緑の葉っぱが、ざわざわと音をたてている。正面から眺めるそれは、幹の太い、実に立派な木だ。

「あれが柿の木ですよね」

わたしは最初からそれを知っていたかのように聞いた。

「そうよ、あれが柿の木よ」

彼女も少し誇らしげに答えた。

秋になれば、たくさんの実をつけるのだろう。

お酒を飲むと、彼女はいつも、「子供を産んでみたかった」と悔やむのが常だったが、そうよ、あれが柿の木よ、というその声には、自分の子供を自慢するような響きもあった。

昼でもひんやりとした暗い居間。そこから眺める庭は、緑が異様な迫力を帯び、前のめりになってこちらに向かってくる。

柿の木の根本には、小さな池があり、池には石の橋がかかっていた。

居間から眺める庭の姿は、まさに一枚の絵のようである。

お茶と和菓子をいただいたあと、彼女とお母様と連れ立って、三人で縁側から庭におりた。わたし用の小さなサンダルまで用意されていた。

　庭に立つと、不思議なことに、居間から眺めていたときの奥行きが消えた。庭はとたんに平板になった。どうしたのだろうとわたしは思った。数歩、歩けばすぐに行き止まりになる。おもちゃのような庭だった。池は暗い水たまりにすぎず、鯉が泳いでいるように見えたのはとんでもない錯覚で、池の上にかかる橋も石ではなく発泡スチロール。

　そして中央のシンボル、柿の木は、細い幹から細い枝をひわひわ伸ばし、わびしい姿で立っている。

　また遊びにいらしてくださいませね。お母様はそうおっしゃったが、二度目はもう、ないような気がした。おそらく彼女も同じことを思ったはずだ。その後わたしを誘うようなことはなかった。

　ただ一度、あのときだけ。なぜ彼女はわたしを呼んだのだろう。交友を深めたかったというより、何かを見せたかったのではないか。家だろうか。母だろうか。庭だろうか。柿の木だろうか。

　彼女とわたしの間には、それから薄い壁ができたような感じだったが、仕事の上では支障なかった。わたしたちは、少なくとも表面上は、すべてが前と変わらないという態度で、協力的に働いた。

彼女はそれから雑誌社をやめ、わたしも数ヶ月遅れて職場を去った。手帖にはしばらく彼女の連絡先を残したが、携帯、そしてスマホへと移行するうち、彼女の連絡先は、木の葉が枝から離れるがごとく、ごく自然に、剥がれ落ちた。


夢に柿の木が出てきたことがある。そう、あれは確かに柿の木だった。その木の下で、わたしは意外な人物と抱擁を交わしていた。家の近所の郵便局の郵便受付にいる男性だ。名前も知らないし、話を交わしたこともない。なのになぜか抱き合っている。わたしたちは、固く結ばれていた。肌と肌、頬と頬とが触れ合うだけで、燃え上がるような快感が身体を突き抜ける。

行為の途中、下から見上げる柿の木は、かつて同僚の家で見た柿の木とは違う。実に豊かな枝を伸ばし、青空が見えないくらいに葉を茂らせていた。こんなにありありと生い茂っていても、わたしにはわかっていた。これは夢、きっと錯覚。本物の柿の木は、もっと粗末でさびしい姿をしている。抱き合っているこの人だって、実際につきあったら、とてもつまらない人かもしれないし、とても怖ろしい人かもしれない。

そう思いながらも、わたしは彼との行為をやめられない。ついに実をつけない柿の木の下。緑の目に覗かれながら、深まるばかりの快楽に身を委ねていた。

不思議な矢印

銀座の地下街を歩いていた。銀座線に乗って家に帰ろうと思った。この線は、山手の渋谷と下町の上野を結ぶ。電車が走っているのは暗い地下でも、沿線の駅名は、地上へあがればそのままあたたかな地名となる。下町から山手へ、山手から下町へ。次第に変わる空気感を、駅名はにじむように教えてくれる。

銀座駅は、路線のちょうど中ほどにある。柄の違う二つの土地の、銀座はまさに結び目といっていい。文字通りそこは、人々が集い、まざりあう「座」で、華やかなイメージが全線を照らす。

丸ノ内線、日比谷線、銀座線の、三線が乗り入れていることもあって、駅自体、混乱のうずのなかだが、その分、迷う人のために、親切な案内も行き届いているはずだ。

そんな場所で、わたしは迷った。入った口が悪かったのかもしれない。どこかのビルの地下が入り口になっていて、実際の乗り場にはだいぶ歩かなければならないということがわかった。わたしの知る銀座駅中央のにぎやかさに比べると、あたりの歩行者も、まだ、まばらだ。

至る所に方向を示す矢印があった。銀座の地下は、矢印だらけといってもいい。混乱を招きそうな場所ほど、人間工学的にうまく作られていて、標識一つで、人をスムーズに誘導する。あまり、あらがったりうたがったりせずに、素直に表示に従っていけば、必ず目的地に出られるだろう。それをわたしは今までの経験から知っていた。少なくとも信じてはいた。これは自分がさんざん道に迷ったことから得た、教訓の一つだった。

素直に考えればたいていそっちへ行くだろうというところを、なぜか一人、逆に行ってしまい、迷ったり、遅刻したり。そのあげく、あきれられたり、うとんじられたり。そんなことが幾度もあった。

頭でっかちだったと思う。自分の体を、ある自然な流れ——それは土地や道がかもしだす流れかもしれないし、人の動きが作りだす流れかもしれない——にうまく乗せることができず、余計なことを考えてしまう。そしてとんでもない方向へ行ってしまう。

道案内によく使われるものに、「道なり」という言葉がある。まっすぐでなく、微妙に曲線のある道などに使われる。「道なりに歩いて来てください」というのは、「この道にはカーブもあるけど、とりあえず道にそって歩けば着きますよ」ということだ。

その「道なり」で、道をそれて失敗したことがあり、以来、道に心を素直に添わせることを胸に刻んだ。刻んだはずだが、しかし今回は迷ってしまった。言い訳のようだが、わたしだけが悪いとも思えない。

頼って歩いてきた、その案内の矢印が消えた。途中で消えたのだ。消えたそこには何もなく、わたしはただ、途上に捨てられた。

えっ。ここはどこ？　どっちへ行けばいいの？

とたんに足がとまってしまった。かなり歩いてから、人に教えてもらい、来た道をまた、てくてくと戻った過去の記憶が、脳裏に浮かぶ。同じことはもうしたくない。わたしは消えた矢印とともに、自分もまたこの世から消えてしまったような気がした。

少し先に階段があった。階段をあがってしまったら終わりだと思った。何が終わるのか、よくはわからないが、階段をあがることには、ある勇気が必要だった。突き進む勇気、そして間違ったときには引き返してくる勇気。たかが地下鉄の駅まで行く話が、なにやら大げさなことになってきた。

とにかくわたしは、階段の手前まで行っては戻り、また数歩、歩いては戻った。

自分ながら何をしているのかと思った。

すると、後ろから、「小池さんじゃない？」と声がかかった。かつて高校で一緒に過ごした同級生。ものすごく、久しぶりだ。数年前に同窓会をやって、メールのやりとりが始まったが、それも最近は途絶えていた。彼女は仕事の途中だという。銀座にある弁護士事務所で長く秘書をしている。銀座は彼女の「庭」と言っていい。

「どうしたの？」

うろうろしているわたしを見ていたのではないか。

「実は迷ってしまって。銀座線に乗りたいのに、行き先を示す矢印が、突然消えちゃったのよ」

迷っているとだけ言えばよかった。なのにわたしは矢印を責め、東京メトロを心のなかで恨み、しかし声には、面白いことを見つけたという、よろこびが響いていたかも。

「消えた？」

彼女はいぶかしく問い、次の瞬間にはそれを忘れたように明るく言った。

「銀座線は、この階段のずっと先よ。途中まで一緒に行こう。時間があったら、お茶するのにザンネン」

ああ、そうなのか。階段をあがればよかったのか。わたしはぎくしゃくとした自分の体を抱いて、彼女と共に階段をのぼる。するとその先に矢印が見えた。ドーナツの形をした銀座線の黄色も。

ああ、現れた！　ほっとすると同時に恨めしかった。すっかり矢印に心乱されたわたし。あまり頼るのも考えものだが、初めてのルート、確実に目的地に近づいていることを、わたしは逐次、確信したかった。

そういう感覚を支えてもらうためには、一定の間隔で出てくる矢印が必要で、わたしが「消えた！」と不安を覚えたのも、おそらくその間隔が多少なりとも開いたのだろう。そう、間隔が開いたにすぎない。

「ありがとう、また会いたいね」

いつとも決めない別れの言葉。もう永遠に会わないかもしれない。

わたしは彼女と別れ、改札を入ったが、矢印が消えたあたりに、もうひとりの自分を置いてきたような気がして、心のなかがすうすうとした。その「わたし」は、彼女と出会わず、階段もあがらず、矢印が消滅した一点の穴に吸い込まれ、向こうに開けた世界で生きる。まったく別の新しい町。ま新しい人生。

あのとき、助けてくれた杉本さんは、高校のとき、葛飾のお花茶屋に住んでいた。当時、地図をもらい、何人かで遊びに行く約束をした。その日、わたしは無事、杉本さんの家へ行き着いたが、杉本さんはいなかった。

お花茶屋は遠いところだ。いるはずの人がいなかったこともあり、わたしは、地の果てへ流れ着いたような気がした。仕方なく家へ戻ったが、あとで電話がかかってきた。

「約束した日は明日だよ。明日も来るのが大変だったら、もう来なくてもいいよ」

わたしは明日、何も用事がなかったけれど、一気に気力が落ち、行く気が失せた。もう来なくていい、の言葉にすがり、次の日、本当に、行かなかった。

葛飾区には、今でも高校生の頃の自分がいるだろう。杉本さんには会えぬまま、お花茶屋のあたりを、ふらふら歩いているだろう。

2
章

二重婚

鳥の肉体から
絞り出されてきた影が
千切られては　地上へ
捨てられる
それを追いかける
夏の一日
走る影よりも
わたしは速い

夢が果たされることは

夢が破れることよりも
つまらないこと

橋の上で　約束をした恋人は
別の人と別の日に別の婚姻をした

お祝いしよう
夢が破れることは
果たされることより
はるかにすばらしい
誰も気がつかないが
夢という夢には
小さな空気穴があいていて
最後
持ち主を

海に沈ませる

わたしは古老となり
影の仲間となり
鳥の影よりも速く走る

すでに十分老いたあなたは
新しいことができなくなった
しかしかすかに残る
性欲をもえたたせ
小鳥とともに歌う
タクトをふり
あの第二バイオリンの若い女を
欲しいと思う
だが思いをとげようとする途中で

裁判になる
夢は破れ
青い山河が残り

どうして
自分の影が踏めないのか
踏もうとする
その姿は踊っているようにみえる

わたしは鳥の影より速い
誰よりも先に
夢を脱出し
もう二度と
ここへは帰って来ない

敗ける身体

家の近くにテニススクールがあり、練習する人々の姿を金網越しに見ることができた。小さな子どもから、おじいさん、おばあさんまで、さまざまな年齢の人がラケットをふっている。練習試合をすることもあって、次第に足を止め見るようになった。五歳になる息子も夢中である。自分もテニスをやりたいと言う。

スクールには同じアパートに住む中学生の男の子も通っていて、息子がテニスをやりたいというのは彼の影響もあった。柊《ひいらぎ》くんという。うちと同じ一人っ子で、息子はひーちゃんと呼んで慕っている。

スクールの前を通ると、たまに柊くんがレッスンを受けているところに遭遇する。なんだか頼りなげで強そうには見えなかった。それは柊くんの両親も認めていて、自分たちの息子が試合で勝ち進むとは、いついかなるときにも考えられないのだと、そこまで言わなくてもという率直さでお母さんが話してくれた。

「でも、勝つこともあるんでしょう」

柊くんが気の毒になって聞いた。

「たまにね。でも敗けることのほうが多いです。勝ったときには必然という気がしなくて、敗れたときには必然という感じがするんですよ」などと言う。

「応援にはよく行かれるんですか」

「まあね。最初は、もう中学生だし、親が応援なんてと思ったんです。会場も遠いし、朝が早いし」

「ええ」

「ところが選手のお母さんたちが、皆熱心で。試合の前に早朝練習をしたりする。それに参加するのは選手だったら当然のことなんです。始発もまだという時間帯ですから、どうしたって親が車を出さなきゃならない」

「親も大変ですね。でも柊くん、中高一貫で大学まで行けるんでしたよね。好きなことに思う存分、打ち込めていいじゃないですか」

「だから困ってるんです。結局勉強なんか、そっちのけ。大学まで行けるからこそ受験勉強じゃない勉強をしてほしかった。うちはテニスは、スポーツを楽しむ程度でよかったんです」

「選ばれし者は大変ですね。柊くん、選手なんでしょう」

「選手になったり、ならなかったりです。柊はいつも何も言わないの。たんたんとしているのは、いいところでもあったのですが、何を考えているのか、まったくわからない」

「テニスは好きなんでしょう」

「やめるとは言いませんから、好きなのかしら。自分が産んでも、子どもって別の人間。あたしだったら、こんなこと、やってられないってやめちゃうところですよ」

小学生のとき、柊くんは、ひいらぎの「ひ」は、ひよわの「ひ」だと友達から悪口を言われた。昔も今もほっそりとした印象は変わりなく、首と手足がとりわけ長い。そしてちょっと猫背だ。成長の途上にある今は、背の伸びに対して、体重が追いつかない時期なのかもしれない。コートに立つと、確かに勝つとは思えないのだ。というか、なんとなく不安になってくる不思議な身体。

小学生なんかでも、そこにいるだけで何かをやりそうだと感じさせる子どもがいる。スクールでの練習試合を見ていると、確実なストロークで球を打ち返し、めりはりがあって安定感がある。たとえ相手に敗けたとしても、その身体は、コートに立つだけで積極的に物を言っていた。簡単にいえば「存在感」というものがあった。一種の役者で、身体表現が豊かなのだ。独創的な演技でなく、むしろパターン化された演技ではあるが、見ているほうは、説得される。点を決めたときには拳を固めてガッツポーズ、ゲームに勝てば身体全体でよろこびを表す。ときには何もなかったかのように、よろこびを抑制し、しかしその実、勝者となったことを自分自身で隈なく味わっているというふうの冷静な子どももいた。テニスの試合には独特の決まった「仕草」がある。テレビでテニス番組を観るようになってそれに気づいた。プロの選手たちも、同じような仕草をしている。子どもたちはそれを自然に模倣しているのかもしれない。

比べて柊くんは、身体で感情を表すには至っていない。勝つということにあまり熱心でないように見える。敗けても諦めが早いのか、たんたんとしている。勝つか敗けるかのスポーツでは、前提として相手に打ち勝とうとする覇気が必要で、本来ならばその意志が、身体から透けて見えるようなのが、よしとされるのだろう。

先日、アパートの中庭で、柊くんのお父さんとすれ違った。

「テニス、がんばってますか？」

柊くんの様子を聞こうとしただけなのだが、お父さんの、告白めいた愚痴が長く続いた。

「いやはや、中学の部活動、予想外に大変です。週のうち、休みは一日だけ。帰りも遅くなります。スクールにも通っていますから一週間は目一杯です。塾にも通わせたかったんですが、生活はもはやテニス一色。楽しむなんて範囲は超えました」

「いま、何年生でしたっけ」

「二年です。テニス部、各学年二十人くらいいて、学年をはずして選手、いわゆるレギュラーを決めるんですが、そのレギュラーはたった六人」

「あとの子はみんな補欠というわけですか」

「補欠の枠は一名、あとの子どもたちは、そう、なんといったらいいのだか。ただの部員です。部内戦をやって選手を決めるらしいんですが、全員があたるわけでもないらしく、どんな仕組みで選んでいるのかはよくわかりません。選手になれるのはごく一部でも、全員の底上げと称して、部員はみんな学外のテニスクラブに入ることを強制されます」

「お金もかかりますね」

「スポーツに補欠は必須のものでしょうから、それ自体は仕方がないと思うのです。でもね、学校という場で、卒業するまでこれだけ浮かばれない子どもたちを出し続けるのは日本の部活動の特徴じゃないかと思うこともありますよ。もはや柊が選手になれるかどうかの問題じゃないんです。すべて選手が優先され、補欠以下は部活に出ても打てないこともある。しかしどんなことがあっても応援だけはさぼるわけにはいかない。団体競技の掟です」

「はあ。テニスって団体競技なんですか」

「学校単位で戦う団体戦もありますからね。ぼくは昔から体育会系の団体の理屈というのがどうも苦手で、それでもスポーツをやりたかったんで、水泳をやったんです。水泳にも、競技会というのはあって、学校の代表だの、タイムがどうのってのは多少ありますけど、ぼくはあんまり競争に興味が持てなくて、ただ、泳ぐのが好きだった。幸い、それが許されるクラブだったんです。先輩も後輩もなく、アメリカ人の神父が顧問の先生で、クラブ活動といっても、ただ、楽しく泳ぐだけ。あまいです。でもそれのどこが問題なんです？そんなのがあってもいいでしょう。積極的に上を目指して戦いたい者は、学外のクラブがあるんですからそこでやればいい。まだらでいいのに、統一しようとするから無理が出て苦しくなる。そんなわけでぼくは中高通じて水泳を楽しみました。柊は、ぼくと似たところがあるし、やつは、団体としての規律を常に求められる体育会というのが苦手だろうなあとなんとなく思ったものですから、そしてテニスは基本的に個人競技だから、柊に向いているのではないかと本人にすすめたんですよ。だけど部活動となれば、結局、体育会系はどこも同じようなものだったようです」

「ふーん」

「やつを見ていて思うんですが、勝負事には向いていないのかもしれない。なにがなんでも勝つという覇気がないのです。そのせいで、居場所がないのかもしれませんね。近頃はなんだか暗い顔をしている。どうもテニス部では浮いてるみたいで」

「あはは。独立独歩の柊くんらしいじゃないですか。いろいろ考える子ですからね」

「中高一貫、大学までつながっているとなると、文武両道の名のもと、学校のほうも名をあげたいということがあるんでしょうか。試験前は部活動が禁止されているんですが、試合が近くに控えていればそんな規則もとっぱらわれます。夏休みも、練習、合宿、試合とあって、選手でなくっても家族旅行なんてできません。一人抜けるのはご法度なんです」

柊くんのお父さんは、そこではっとしたように、「ああ、すみません、つい長話の愚痴になってしまった。やるのは本人ですから、親はもう引っ込みますよ」と詫び、そそくさと去っていった。

思い出していたのは、学生時代のことだ。わたしもそうだった。何が何でも勝ちたいという気持ちの薄い子どもだった。運動会などで組別対抗の競技に出ても、敗けて悔しかったとか、勝ってうれしかったという鮮明な記憶がない。ただ、スポーツは得意で、陸上競技が好きだった。だから柊くんのお父さんと似ている。ちょっと自慢すると短距離とハードルでは学校代表メンバーに選ばれたこともある。中学のときの話。最終的にはタイムが伸びなくて、わたしは補欠になった。

補欠として、みんなと一緒に遠いところまで行って（遠い、暑かった、というほかは、記憶が残っていない）競技会に出た。誰からも声をかけられることなく、ずっとむしろのうえに座っていた。出番はなかった。青空が広がっていた。太陽がわたしを照りつけていた。わたしはただ待っていた。誰かが負傷したら出番が来る。けれどそんなことは期待することでもないし、考えられなかった。わたしは出たいとも思わなかった。全身で、「控え」を生きた。複雑な思い出だが、味のある経験だったとも思う。しかしあんなことばかりだったら、それもおかしい。数えるくらいでいい。たまに出番も来るというのがいい。わたしはそう思う。

スポーツには、光の当たる選手もいれば、その影に必ずレギュラーになれない子というのが多数、出る。レギュラーになれなかった子などが、後年、部活動の思い出を語り、それでも学ぶ事が多かったなどと話すのを見たり聞いたり読んだりすると、なんだか、いたたまれないような気持ちになったりする。

人生で自分に光が当たる場面など、誰だってそう多くはないのはわかっている。だがスポーツをすることを目的として一つの集団に参加したにもかかわらず、時間のほとんどを、スポーツの実践よりも、トレーニングや待つこと、応援することだけで終わるなんて、やっぱり少し変じゃないか。選手は選手であることを極めればいい。そうではない子どもも、ときには選手の影から脱し、太陽のもとで輝けるような、そういうゆるさが部活動にあればいい。

夏。高校野球の季節になって、今年もテレビでつい観てしまう。声援している子どもたちが映る。太陽が照りつけるなか、真っ黒になって大声をはりあげている。チームが敗けると泣いてしまう女の子もいる。すごいなあと思う。そんなふうに一体感を持てることを羨ましいとも思う。

柊くんが試合に出て、そしてそのときたまたま勝ったとしても、こぶしを上下に激しく振って、ガッツポーズするところを想像できない。そんな柊くんの姿を見てみたいような気もするが、スクールでの柊くんはいつも電信柱だ。柊くんはお決まりのポーズをすることに対して、恥ずかしいという気持ちを持っているんじゃないかな。そしてその恥ずかしさのようなもの、自意識のようなものがある限り、コートに立つ柊くんは、今後も弱々しく、とても勝ちそうには見えないのであろう。だけど、わたしは知っている。柊くんは精神的に決してひよわな子どもではないということを。

コートに立って目立つ子どもがいる。目立たず弱々しく見える子どももいる。最初から敗けているような身体。大人でもいる。最初から敗けている、なんだか頼りなく見える、受け身の身体。勝ちそうな身体は目を引くが、わたしは敗けそうな身体にも興味をひかれる。むしろそういう身体に惹きつけられるといってもいい。スポーツの局面では話題にされない弱い身体。なぜ、そんな身体が気になるのだろう。

どうやって人に勝ったらよいのかを、わたしは誰からも教わったことがなく、誰にも教えることができない。そもそも何かに勝とうとしたことがない。こんな母親を持った息子は、勝つということを目標に掲げてがんばれるだろうか。

勝ち負けのことを考えていたとき、わたしは唐突だが戦争のことを思った。わたしは日本が戦争に敗けたことを結果としてよかったと思うが、他の人はどうだろう。勝とうと思ったことは間違っていたと、あのとき勝とうとした人は天皇以下、言うべきだったと思う。もしいったん戦争を始めたのならば、そこに発生する必然の流れは、敗けてもいいではなく、どうしたって勝つことだろう。戦争を始めてはいけない。コントロールがおそらくできなくなる。

いや、話は、テニス部のことだった。

スポーツの話をしていたのだった。

スポーツと戦争はまったく別のものである。勝ち負けの話が戦争のところにまで行ってしまうのは変だと思う。思うがどこか、つながっているような気もする。わたしは勝者と敗者の出ないスポーツを退屈だと思うし、他人の勝ち負けを鈍感に楽しむ。どうしたって、勝負をつけるという運命から人間は逃れられないし、それをときには見たい。自ら参入していくこともある。それがわたしたちという人間。

だがうまく解決がつけられないのだ。スポーツにかかわらず、勝ち負けということが自分にふりかかってくるとき、なぜわたしは勝つという積極的な目的に自分をあわせることができず、そこから逃げる傾向があるのだろう。弱いのか、ずるいのか、本当は敗けたくない卑怯者なのか。嘘つき、偽善者、矛盾だらけの人間。自分が勝つことよりも敗けていると見える状態を楽しんだり、安心したり、好む傾向すらあるような気がするのはなぜなのだろう。

大昔、勝ったわけでもないし逃げたわけでもないのに、「勝ち逃げした」と非難されたことがあった。スポーツではない、別の場面の話だ。あのとき、いたたまれない気持ちになった。怒りも虚しさもあわれさもあって、それを言った彼女との縁を、わたしは喧嘩をすることもなく切ってしまった。喧嘩すればよかったと思う。

柊くんは今朝も、大きなテニスバッグに、教科書もノートもラケットも靴も弁当も詰め込み、一人、家を出る。お母さんが言うには、背中の肉が千切れそうなほど重いのだそうだ。相変わらず、親に何も言わず、テロリストにもならず、その背中は黙々と駅へ向かう。何を考えているのか。わからない。こっちもかける言葉がうまく見つからない。その身体は、身体よりも大きいバッグに覆われ、もはや勝ちも敗けもない。押し潰されそうになりながらも決して潰れない。歩いているのは柊くんというよりバッグだが、それでも動いている、前へ進んでいる。

清水さんは、許さない

すれ違いざまの痴漢にあった。

若い頃の話。夏であった。スカートの上から、いきなり下半身に手が押し当てられ、その手は下から上へ、ずりあげられた。

男は悪気もなく、逃げるでもなく、そのままの速度で歩き去った。瞬間、凍りつき、何もできなかった。ショックを覚えた瞬間というものは、ほぼ完全なかたちで冷凍される。こうした瞬間映像記憶保持能力というものは、特殊なものではなく、どんな人にもあると思う。ただ普段は忘れていて、それが何かの拍子に頭をもたげる。

背広を着て、黒いメガネをかけた、至極平凡なサラリーマンだった。背が高く、有能そうにすら見えた。優しそうな顔といってもよかった。仲間たちと連れ立っていたが、彼らは彼がすれ違った女に何をしたのかを、まるでわかっていないようだった。怒りと恐怖で振り返ったとき、その人は、へらへらとわたしを見て笑った。顔の細部は溶けてしまった、はずなのだが、へらへらというその笑い顔だけは、空気中を漂う微生物のごとく、思い出せば眼前に、ふわふわと現れ出る。焦点を結ぶ前に、わたしは振り払ってしまう。

以来、「人とすれ違う」という行為の意味が変わった。すれ違うとは刺し違えるに等しい、どこか常に緊張を伴うものになった。

一九九〇年に製作された『櫻の園』という映画がある。女子高演劇部のある日の数時間を描いたものだ。普段は忘れている。なのに無性に観たくなるときがある。劇中にモンポウの「ショパンの主題による変奏曲」が使われていて、元になっているのが、ショパンのピアノ前奏曲七番イ長調。これが癖のように頭のなかを回り出すのだ。太田胃散のＣＭにも使われたから、知っている人は知っているだろう。時間のねじを狂わせるような陶酔感があり、実際、あの映画に流れる時間を、伸ばしたり、縮めたり、巻き上げたり、溶かしたりと、調整することに成功していた。話自体が、創立記念日の、芝居を上演するまでの数時間という設定だが、映画そのものの上映時間は、せいぜい一時間と少しだった。

次のような場面がある。

三年の女子二人が、先生から呼び出され、進路指導室で演劇部の顧問を待っている。一人は演劇部の部長、清水さん。もう一人は、数日前に校外でタバコを吸い、警察に補導された杉山さん。杉山さんのせいで、演劇部恒例の記念公演、チェーホフの「桜の園」の上演が中止されるかもしれない。二人はおそらく、中止か続行かの結論を待っているのだ。

ふと、話の流れで、清水さんが小学生の頃の思い出を話す。同級生の男子に、生理のナプキンをとりあげられ、皆の前でからかわれた。「わたし、一生、許さないの。彼がどんなにえらくなろうと、わたしにとっては、あのときのままよ……生涯、恨んでやるの」

許せない、ではなく、許さない。意志的で、生真面目で、思い詰めたような言い方には冷水を浴びせるような厳しさがあり、彼女はその言葉どおり、生涯かけてその男子を許さないであろうと観ている者に信じさせる。

それを聞いていた杉山さんは、ふと彼女の顔を見やる。二人は正面でなく、90°の角度に座っている。杉山さんは落ち着き払った真顔で言う。

「許さなくっていいんですよ、別に」

同い年なのに丁寧語を使っているのは、清水さんがきっと優等生だから。

清水さんは、喫煙でつかまるような杉山さんを（正確には、事件のおこったとき、杉山さんはタバコを吸っていなかったのだが、仲間が吸っていてつかまった）、今まで良くは思っていなかった。けれど今は、そんな不良性をむしろ好ましく思っているようだ。それはたぶん、清水さんが恋をしているから。

相手は杉山さんではない。清水さんは演劇部にいる、背の高い女の子、倉田さんがとても好きなのだ。恋する清水さんは、自分の殻を破ってはばたきたい。はばたきたいが、自分の翼をまだ使いかねている。そんな青春期の重たさを、中島ひろ子という役者がうまく演じている。彼女は実際、鳩のような顔をしている。

杉山さんは、そんな清水さんのことを、実はひそかに好きなのだったが、清水さんが自分でなく、倉田さんを好きなことをよく知っていて、片思いのポジションをけなげに保持している。

髪にパーマをかけてきた清水さんに、杉山さんは、似合いますねと言い、倉田さん、なんて言っていた？　と問いかける。どうしてそんなこと聞くの？　と清水さん。ちょっと飛ばして、会話を書き留めてみると、

「だって清水さん、倉田さんのこと、好きなんでしょう」

「どういう意味？」

「どういう意味って、言葉どおりの意味だけど。だって、いつも見てるし……あ、でも、別に、レズとか、そういう意味じゃなくって」

　こんな繊細な言い方を、杉山という子はする。そうね、レズビアンとか、そんな言葉を使うと、彼女たちの「あいだ」が、何か違うものに変節してしまいそう。彼女たちは、自分たちの感情を安々と名づけたくはない。更地にしておきたい。いつも何かに名前をつけて分類したり、片づけようとするのは、外側から来る力。わたしたちは、最初はみな、祝福された名無しだった。なにものでもないものだった。彼女たちの会話は、わたしたちにそんなことまで思い出させる。

　杉山さんの清水さんへの恋情は、どこにも収まる場所を持たない。しかし杉山さんは、むくわれないからといって、あばれるわけでもない。自分の感情を、自分の内に、船の錨をおろすように沈め、孤独を抱く。

　ああ、真性の恋って片思いのことだな。観ながら私は切実にそう思った。のんきな両思いなんか、恋のうちに入らないと。

　杉山さんを演じていたのは、つみきみほという役者で、この映画の彼女は、誰よりも輝いていた。

ここで、清水さんの言った、「許さないの」というせりふまで、ちょっと場面を巻き戻してみる。

これを書いている今、わたしにも、許さないと決めた清水さん的なもの、男性への処罰感情が、心の底に眠っていることを認める。女は（わたしは、と言ってもいいが）、実は男が嫌いで、男も女が嫌い。そしてだからこそ、その逆もある。

杉山さんの「許さなくていい」という言い方は、非常にぶっきらぼうだが、底のほうには慈愛のようなものがあり、観ている者の胸に広がる。女の子たちは決意している。けれど「許さない」などと言う清水さんを、たいていの大人は「処女の潔癖さ」などという言葉で片づけたがるだろう。だが許さないのは処女だけではない。処女であった女たちも、皆、許さない。大人になるのは、許すことなんかじゃない。

経験は積み重なっていくが、処女であったということも経験の一つで、処女でなくなったとしても、処女であったところがぬりつぶされていくわけではない。処女であったという事実がなくなってしまうわけでもない。それはそのまま、ある時代の感覚として、一人の女のなかに保持されていく。消えるのではなく、肉体の感覚として、わたしの一部となり、残り続けていく。

時間は一人の人間のなかに、どのように積み重なっていくのだろうか。少なくともそれは、物語のような「線」ではない。起承転結を持つ流れなどではない。いつ、どこで、五歳のわたし、二十歳のわたしの、ある日あるときの感覚が飛び出してくるか、わからない。とすれば、人の時間は、螺旋状あるいは渦巻き状か。いや、時間なんてそんなもの、そもそも最初から「ない」んじゃないか？

このあいだ、近所の、新しくできた美容院へ行った。わたしの髪は、白髪だらけだが、もういい加減、髪を染めるのが苦痛になってきた。できたらもう、染めたくはないんです。このままじわじわと老いていきたいんです。そう言うと、まだ三十代と思える美容師は、「染めなくていいです。そのままでかっこいいです」とぶっきらぼうに言う。

え、そうなの？　このままでいいのね？

言葉に出さずにわたしは驚いていた。わたしはわたしの希望を控えめに述べ、それを簡単に肯定された。ただそれだけのことなのに、よろこぶより前に驚いてしまった。初めて「染めなくていい」という人に出会ったからだ。

自分の思ったとおりに生きているように思われているが、わたしはそうではない。わたしは許されたような気持ちになった。解放された。わたしは白髪頭のおばあさんになったが、別のあるときは処女かもしれない。不気味ですね。でもそういうものですよ。

「染めなくていいんですよ」

「許さなくていいんですよ」

杉山さんの声が重なって聴こえた。

傷とレモン

さびしいとき、少女のようにレモンを買い、二個でも三個でもテーブルにころがしておく。それをつかんだり、料理に使ったり、お湯に浮かべたり。そんなふうに物に寄りかかり、自分をなだめて生きる日もある。

レモンには充実した確かな重みがあり、大きさもちょうどてのひらに収まるので、つかんでいるだけで虚ろが満たされる。心とは、ときに宇宙大に広がるものだとしても、普段は片手で囲えるほどの小さな容量なのかもしれない。

物は絵に描いてみるといい。レモンは何によって、レモンなのか。それが身にしみてよくわかる。

一つは色だ。レモンイエロー。さわやかな黄色は、若い緑が成熟した色でもある。

近くの店では、国内産のレモンが、半ば青いまま売られている。一個百円程度。ダンボールにごろごろ山のように入っていたのが、日に日に減っていき、やがて底のほうに青いカビの生えた腐りかけのものが見えてくる。ああ、よかった。レモンは腐る。国内産レモンには斑点もあるし、凸凹していて、かたちも不揃いだ。だがワックスや農薬の心配はない（そう、表示してあるので、とりあえず信じている）。

かつて梶井基次郎が、小説のなかで描いたレモンには、確か、絵の具で塗り固めたようなという形容があった。だから黄色一色の、絵に描いたようなレモンだったのだろう。今、そういうものを探せば輸入レモンになる。防カビ剤使用の表示が必ずついている。売れ残ったとしても、いつまでも腐らない。オブジェとして以外、使い道はなさそうだ。

レモンが何によってレモンなのか。その二は形象だ。単なる紡錘《ぼうすい》形ではない。片方の先端が乳房の先のように尖っていて、もう一方の先端は凸凹に盛り上がり、ヘソに似た突起をつけている。それこそは枝からもぎとられた痕跡で、その部分を見ているとレモンの樹の全体が想像される。見えない樹はレモンを失ったが、レモンもまた、母体である樹を失い、樹から離陸してここまで来た。「レモンの充実」とは、そういう旅の果てにある。

何かのかたまりを作ろうとするとき、それが詩であれ、掌編であれ、レモンは無意識のなかに置かれた一つの基準となるだろう。あの大きさ、硬さ、香り、感触、酸っぱさ、苦み。美しいもののあの重さだったと、梶井は書いた。抽象的なそれが、するりと具体物になって眼の前に現れた不思議。とりあえずそれにはレモンという名前がついている。

甘みというものに罪の意識が入るようになったのはいつからだろう。戦後、甘さは生きるために求められた。白い砂糖は、和食を作る上でも、庶民の家では必需品だったはずだ。今は違う。白い砂糖がいかに健康を損なうか。ネット上にはそんな情報があふれるように出ている。

だが、悪いものを排除しただけのものは、料理にしろ、作品にしろ、いかなる場合も貧相でぎすぎすしている。要は配分で、微量の毒は精神を健康にする。あるいは少しの毒を許す構えが。ストレスがたまると、わたしは添加物の入った身体に悪そうなものが食べたくなってくる。そして実際、少し食べる。あらゆる市販品を裏返しては、成分分析表示を確かめる自分を、ふと検閲官のようだと感じるので、ときにはそうしてジャンクフードを食べることで、精神のバランスをとっているのかもしれない。

ところでレモンは、近頃、塩とタッグを組まされている。大人気「塩レモン」がそれだ。飴から調味料まで、あらゆるところに塩レモンは顔を出す。塩レモンは、さわやかでいて、どこからも文句は出ないはずだというドヤ顔の風情を持つ。

レモンがここまで食のメインステージにあがってきたのはなぜなのだろう。甘いモノを食するとき、わたしには、持たなくてもいい罪の意識のようなものがわくが、レモンはそれを、舌の上でも観念の上でも、やわらげる。

罪を浄める聖なるレモン。突き上げるようなあの酸っぱさは、甘さばかりを求める精神に、否応なくムチを打つ。レモンがあるだけで、普段のテーブルが祭壇になる。

もし水彩画で描くのなら、影をつけよう。そしてその影には青い色を使おう。黄色には青、紺がにあう。好みの問題かもしれないけれど、わたしはこの取り合わせに音律的な調和を感じる。色とは音のない音楽だが、黄と青の和音には、冴え冴えとした清潔な響きがある。

阿部謹也（一九三五-二〇〇六）は、ヨーロッパ中世を研究しながら、日本の世間を考察した歴史学者だ。「禁欲」とは、欲望とりわけ性欲などを捨てることでなく、それを上回る欲望によって、現世でのあらゆる欲望が色褪せてしまうことだと書いている（『ヨーロッパを見る視角』）。わたしにとっての詩を書くことがまさにそうだ。詩を書きあらわすことや、詩的現象の発見が、この世でのあらゆる欲望を凌駕する。麻薬といってもいいが、近頃では、生きる「癖」に近いものだと思うようになった。爪を噛むように詩を書いている。悪癖といってもいい。病いであろう。

レモンにも禁欲主義の面影がある。なにしろ、台所のテーブルを聖なる祭壇にしてしまうのだし、わたしたちの多くが、甘みより、そこにある酸味や苦味に、価値あるいは安心を見出しているのならば、これはもう、社会全体を覆う、禁欲という名前の別種の欲望といっていいものかもしれない。

阿部は同書でこうも書いている。「教会でいう禁欲とは、天国に入りたいという欲望のために現世のあらゆる欲望が色褪せていく状態を意味しています」。レモンの本質は過激なものである。梶井が書いたとおり、それはいつか爆発するだろう（と考えてみることが解放だ）。

レモンといえば、イタリア人の作家、ピランデッロが書いた「シチリアのレモン」（『カオス・シチリア物語』に収録）という短編も忘れられない。

かつて婚約を交わした相手、テレジーナが歌手として大成功。それを見届けて、自分との格差に身をひくフルート奏者ミクッチョの物語だ。

運の開けた彼女に、はるばる田舎から逢いにきた彼。彼女の美声を最初に発見し、応援を続けたあげく、こうしてナポリまで留学させたのは、そもそもミクッチョだった。

だがテレジーナの母、マルタおばさんは、彼を見ると驚き、いかにも申し訳なさそうに応対する。会わなかったあいだ、テレジーナとミクッチョの間には、本人たちにもどうにもならない深い溝が生まれていたのだった。

テレジーナは帰宅すると、別室の広間で紳士たちと華やかにおしゃべり。ミクッチョは厨房に隣接した暗い小部屋で、マルタおばさんと向き合い、テレジーナが、自分とは違う世界に住んでいることをはっきりと知る。

別れ際、彼女にと持ってきた一袋のレモン。その「袋の口をほどき、片方の腕で囲いを作って、みずみずしく芳しい果実を、テーブルの上に空けた」。テレジーナはもう、自分の婚約者ではない。だから「これはぜんぶ、マルタおばさんだけにあげる」と言って。

ミクッチョが帰ったあと、ようやく会食が終わり、小部屋をのぞくテレジーナ。もうそこに、ミクッチョはいない。「帰ったの?」とびっくりするが、「かわいそうに……」と言ったあと、すぐにうち変わって笑顔になる。そうして彼が自分にレモンを持ってきてくれたのだと母から知らされると、「うわあ、すてき!」。母が止めるのも聞かず、残酷にも華やかな客人たちの待つ広間へ声をあげながら走っていくのだ。

「シチリアのレモンよ！　シチリアのレモンですよお！」

哀しい話だ。ごろごろとテーブルに散らばったレモンの、その一個一個に、ミクッチョの感情が詰まっているような気がする。

原題は、*Lumie di Sicilia*　日本語訳の本文注には、「『レモン』の原語lumìa ルミーアは、レモンによく似たシチリア産の柑橘類で『シトロン』に近い。果実は香りが強く、酸味と苦味があって飲料や香料として用いられる。ピンクの花をつける」と出ている。レモンにもいろいろな種類があって、ピランデッロが書いたシチリアのレモンは、このルミーアのようだ。

ちなみに原題で探すと、この短編は、作者によってコメディ（喜劇）にもなっていて、ユーチューブには、字幕こそないものの映像があがっている。イタリア語がわからなくとも、短編を読んでおけばだいたいはつかめる。ただし、短編とコメディでは、味わいがだいぶ違う。短編にはレモンの酸っぱさ、悲しさが詰まっているのに対し、劇のほうではミクッチョの怒りが押し出されていて、かつての婚約者同士もいがみ合う敵同士。だいぶ単純化されていて、がっかりする。レモンも小道具以上の存在感を示していない。モノクロだから、色も確かめられない。それでも物語の雰囲気や、家具とか部屋の構造などがわかって参考にはなる。

ああ、だれか、この一本を短い映像にしてくれないか。ラストシーンでは、くれぐれもレモンを主役にしてほしい。

何かの作品を映像化しても、たいていはがっかりすることのほうが多い。でも、タヴィアーニ兄弟がオムニバス形式で作った映画『カオス・シチリア物語』はすばらしかったことは付記しておこう。ピランデッロの描く世界は、抽象と具象が入り乱れていて、読んでいると、さまざまなイメージが、下腹のあたりから、わいてくる。

婚約が破られたことを悟るミクッチョの悲しみに、レモンの取り合わせは効いている。わたしたちは、ミクッチョの感情を舌の上で想像する。そのときレモンの酸っぱさが、からっぽの胃を、きりきりと痛めつける。わたしも読んで自分が傷ついたような気持ちになった。けれどレモンは、まるで花のようでもある。彼の悲しみを祝福する花だ。

ならば傷は宝だろうか。どんな人も、言葉にしないが傷をもって生きていて、その傷は、束の間忘れることはできてもけろりと治るものではなく、おそらく一生、かかえていくものだろう。しかし最初、痛みでしかなかったそれも、歳月を重ねるうちには、いくぶん和らぎ、変容し、まぎれもない「自分自身」の一部となっていく。そこまで見届けることが

できたとしたら、もう甘い砂糖はいらないかもしれない。傷口にしみるレモンのほうが、
むしろ甘美に感じられるだろう。

3
章

帽子

お気に入りの帽子をなくしてしまったから
かずえさんは
夜の山へ探しに行くという

ユーカリの木の枝に
それは
らりるれろ　と
ひっかかっている

夜の山へ入ったかずえさんは

日曜日には
帽子をかぶり
歌を歌いながら
山道をくだってくるだろう

初めて会ったとき
彼女は袋のなかから
大事そうに帽子を出してかぶった
異国の皇太后のようだわね
よく似合うとわたしは言った

ありがとう
わたし　いつも
あらゆる場所で
あらゆるものを

なくしてきたの
かずえさんは
帽子をなくすことを
そのときもう
知っているかのような口ぶりだった

夜の山は
巨大な帽子
その下の顔は影にまみれて
よく知る人を
知らない人にする

月曜日になっても帰ってこない
かずえさんと
かずえさんの帽子を追って

今度はわたしが
夜の山へ入る

塩をまきに

「実は危篤なのよ」と母からは聞いていた。けれどその声にはどこかのんきな調子も漂っていて、実際、危篤と言われてからも、父は話したり微笑んだり、周囲の支えはあっても、一人で立ってトイレに行ったりした。

一年前、妹が実家に戻ってくれ、終末医療を施してくれる地域の医療スタッフも見つかって、いわゆる自宅ホスピスとしての父の看取りが始まった。看取りといっても、その頃はまだ、看取られる人も立って歩けた。わたしは思っていた。父はまだまだ、しばらく死なないと。

ふがいない姉である。時折、実家に通うくらいで、何かしたというほどのことは何もしていない。大変だったのは、ひとえに妹だ。その彼女が言うにはそれぞれの役割があるのだから、おねえさんはおねえさんしかできないことで親孝行すればいいということだった。

妹はときどき、その場にいる誰をも、一瞬で言いおさめるようなことを言う。

それに甘んじたわけではないが、気が楽になったのは確かだった。わたしが文や詩を書くことを父はよろこんでいた。感想を言ったりすることは一度もなかったが、いつも無言の応援があった。

親というのは、いやこれは、わたしの親に限ったことかもしれないが、批評家ではないので、中身や内容については立ち入らない。どこかに書いたという事実や、本になったという、目に見える結果だけをいつも静かによろこんでいる。批評家どころか読者にもならない。身内に読まれたら困るようなことをわたしは書いたから、読者になられてはわたしのほうが困るのだったが、その点、母も妹も無関心で、わずかに内容にまで関心を示してくれるのは父だけだった。

しかしたとえ読んだとしても、父は客観的に読むというのではないから、どちらかといえば「見る」ということになる。本の佇まい、あるいは掲載してある頁の佇まいを「見る」。あるいはわたしの名前をそこに確認して満足する——。

数年前、わたしはある雑誌で、絵を描き、短文を書き、両方をあわせて載せるという、とてもめぐまれた連載をした。妹が言うには、父は最後、眠れなくなると、その雑誌の、わたしの描いた絵の頁を「見ていた」そうだ。絵は正真正銘、見ることのなかで完結する。しかし言葉は、読み、意味に変換し、イメージを立ち上げたりと、作業が複雑で忙しい。さらにそれが小さな活字だと、それだけでもう読む気を失う場合もある。絵と言葉があれば、言葉はこうして敗退し、よりプリミティブな位相にある「絵」が、末期の感覚にも、かろうじて訴えかける。

死の床にある父に、わたしはかけるべき言葉が見つからなかった。それで、しわだらけの手の甲にクリームを塗ったり、懐かしい歌を歌ってみた。そちらのほうが、よほど意味あることに思われた。言葉はそこでも、あたたかい沈黙に負け、無力なものとして退けられた。

わたしの本やわたしの関係する雑誌の類が、実家にはたくさんあったが、それらは父が勝手に注文したり本屋で買い求めたものであった。同じものが何冊もあったのは、誰かに差し上げようとしたためだろう。だがそれも、父がいよいよ立ち上がれなくなれば、ただの無意味の山となる。

そんなある日、わたしはできたばかりの、新刊書を持って、実家へ行った。

「お父さん、深川のことを書いた幼年記ができたのよ」

枕元で父に報告する。生まれ故郷の深川を、誰よりも愛し誇りにした父は、話し好きで、べらんめえ口調というには、少しばかり上品な物言いをしたが、「ひ」と「し」を混同し、顔つきからして、やっぱり最後の江戸っ子と言っていい。わたしの幼年記は、そのような父の最期に、ぎりぎり間に合ったという安堵があった。

しかし当人はこんこんと眠り続けていて、反応らしきものが返ってくるわけでもない。

「お父さん、わたしの本がもう、わからないみたいね」

そう言うと、妹は、

「いよいよ最期となれば、必要でないものと必要なものがはっきりしてくるのよ」

妹は意地悪なことや皮肉を言う人間ではない。わたしの本などは、確かに父にとって、捨てられるべき地上の芥の一つになったのだろうと納得できた。

だがそんな妹も、「お父さんが眠れないときに見ていたから、おねえさんの絵の載った雑誌、お棺のなかに入れたら？」と提案してくれた。

該当頁を開き、花でいっぱいのお棺に、最後、雑誌をさしいれた。

それに気づいた叔母の一人が

「あら、その絵、誰が描いたの？」と言った。

絵が好きな叔母で自分では彫刻をやる。

「わたしよ」

「あら、まあ、あなた、こんなの描くの。知らなかったわ。ゆっくり見たいわ。これっきり？」

「まだ、まだ、たくさんあるわよ」

実際、父が買い集めた同じ雑誌が、家にはまだまだたくさんあるはずだ。

お棺のなかの父の頭越しに、そんな会話を交わしてみると、わたしたちからは、確かに生きている者の俗臭が立ち上り、そして父は、もはや、いない。花に埋もれた父は別人のようだったが、そんな父の死に顔を、わたしはもう幾度となく想像して、ずっと前から知っていたような気がした。

十年以上前のことだが、一度、ある文芸誌に、わたしについての文章が載ったことがある。わたしがたくさんの人の詩から、表現を盗み、まねているという中傷だった。父はタイトルだけを見て、それを好意的なものと勘違いし、喜々として本屋へ行き、買い求め、読んだ。そして驚き、がっかりした。主語を使わず、「ひどいねえ」と一言、母に言ったと聞いた。だがわたしには一言も言わなかった。本人よりも父のほうが、はるかに傷ついたのではないかと今も思う。

最後、父の身体には、免疫力が極端に落ちたせいか、むごい帯状疱疹が出来ていた。水疱がつぶれてそれが赤むけのまま、ついに治らず、あの世へ逝った。相当に痛かったのではないかと思う。

娘たちが支えようとしても、その手をうるさい、とはらいのけ、自分でトイレに立とうとしたが、一度、どうにも立てないとわかって、「あれ?」とつぶやき、実に不思議そうな顔をした。「あれ、どうしたんだろ、この自分が立てない」。立てないということが、どうにも納得できず、困惑しているという顔だった。

生まれてきたときも、人間はそう思ったかもしれない。

「あれ? どうして、自分はここにころがっているのだろう」

立とうとして、ついに一人では立てない赤ん坊に、父の「あれ?」が、重なった。自分の無力をとことん知って、やせ細り、枯れ木のようになり、ひざに痛みのコブを作って、父は死んだ。八十八歳。畳の上で。

妹もわたしも、親の死を初めて経験したのだった。葬儀社の人がやってきたが、電話をしたのはわたしだ。電話をかけたから、やってきたのだ。身内だけのごく小さな葬儀にしたつもりだったが、気づくと、親戚が大勢、集まり、いやそれも、連絡したからやってきたのだったが、作られた祭壇は、ずいぶんと立派なものとなった。菩提寺の御坊様がやってきた。こちらは葬儀社から連絡が回った。通夜は息子さんのほう、葬儀はその父親のご住職がやってきて、続けてお経をあげてくださった。戒名も含めると、驚きの金額。驚いているうちに、御坊様に渡す「車代」というのを忘れ、通夜の客に渡す塩入りの挨拶状も忘れ。

「あ、お清めの塩がない」

自分の家に帰り着き、なかに入ってしばらくたってから、そんなことを思っても遅い。そしたら、わたしのあとから家へ帰ってきた家族が、

「扉の前に白いものがきらきらとしているけど、何あれ？　あ、そうか、お清めの塩か」

などと言う。

「え？　塩は忘れちゃったのよ。皆さんにお渡ししなくちゃいけなかったのに」

「だったら、あれは？」

というから、扉をあけて見てみた。するとほんとに我が家の前にだけ、白いものがきらきらと光ってる。アパートの、どの部屋の前にもない。わたしの家の前にだけ。

「誰がまいたのかしら」

「塩に見えるけど、氷の小さな粒だね」

お父さんがやってきたんだわ、とわたしは思う。会葬御礼の塩も忘れた娘のところに、自ら塩をまきにくる死者ってのも、まだ死んでないみたいでおかしいわね。

東京に、四年ぶりの大雪が降った、五日後のことだった。

墓荒らし

Y霊園は巨大な墓地である。東京都の霊園だが、なぜか千葉にある。六、七歳の頃まで、わたしは父の運転する車で、しばしばここへやってきた。父の父、つまりわたしにとっての祖父が、亡くなってまだ数年という頃で、父の心は、土の下の死者の、まだ近くをさまよっていたはずだ。祖父は六十の手前で死んだ。癌だった。

記憶にある霊園は、わたしにとって、墓地というより楽園だ。中央の広場には芝山があり、わたしはそのてっぺんで横たわると、一気に、コロコロと転がり落ちた。服は芝だらけになったが、楽しかった。

墓地正門へ至る道には欅の並木道があり、暑い日には樹下に涼しく濃い影が落ちる。両脇には、墓石などを扱う石材店がぎっしりと並んでいた。ただ、当時も今も、石ばかりを売っているというわけではなく、墓参人たちの窓口のような役目も兼ねていて、父は決まってそのうちの一軒で、水桶や掃除道具一式を借りた。界隈は観光地のように、多くの人でにぎわっていた。

その父が、八十八歳で逝き、数十年ぶりに、今度はわたしが一人で来てみると、当時の華やかさは何か夢を見ていたかのようだ。

居並ぶ石材店も、廃業したわけでもないのに固く戸を閉ざし、かつていた客など、どこにも見当たらない。瀟洒《しょうしゃ》な並木道も裸木が並ぶばかり。季節は冬。冬に墓参りにやってくる客は、やはり少ないのだろうか。霊園はひどくわびしい。しかしこれこそが、霊園本来の姿であるような気もして、心のうちはむしろ清々しい。

墓地を歩く。若い頃には考えもしないことだったが、今のわたしは、意外なよろこびを覚える。親の眠る墓地に限ったことではない。特に縁もない、見知らぬ墓地を訪ねるのでもいい。墓場を歩いていると、心の底が、何ものかを煮ている鍋のように、次第にぐつぐつと沸騰してくる。名字を読み、墓碑に書かれた死者の名を確認し、ときにはそのなかに、まだ存命中をあらわす朱色の文字を発見する。そんなことの一つ一つが、心を沸きたたせる。暗い趣味だ。昼間はどこの墓地も、しんとしているのに、そこを縫うように歩いていく時間はとても華やかだ。

かつて父がそうしたように、わたしもある一軒の石材店で、水桶と掃除道具一式を貸してもらう。父と違うのは、それにプラスして、花と線香も買い求めること。わたしは運転ができないので、その石材店で自転車を借りる。そのための借り賃のようなものだ。巨大な霊園だから、墓まで行き着くのにはかなりの距離がある。歩いていけないことはないが、坂道を一気に駆け下りる快感は捨てがたい。

ここに、父の親族が眠る。父の両親、そして今年、父が入った。一人、忘れてはならないのが和子という女の子で、早くに死んだ父の妹だったらしい。墓碑には祖父を筆頭に、そのすぐあと、和子の名も刻まれている。

それまでも家のなかで、ときどき「カズコ」という名前を耳にすることはあった。家の仏壇にも、それらしき位牌があった。カズコって誰なの？　どんな顔をしていて、どんな性格の子供だったの？　何で死んだの？　聞きたいことはたくさんあったが、早くに亡くなったその子のことは、聞くに聞けないタブーのようなものになっていて、そのうち事情を知っているような人は、ことごとく死んでしまった。

ふしぎだ、いや、ふしぎを通り越して面白い。誰も彼も、確かに生きていた。ついこのあいだまで。ところが死ぬと消えてしまう。どこにもいない。どこにもいないというそのことが、なんだかおかしい。面白い。あまりにあっけらかんとした、いなくなりよう。こういう人の消え方を、わたしは父が死んで、初めて味わっている。根本から。

一般的な話だけれど、何か物が消滅することがある。わたしには整理の悪いところがあり、子供の頃の部屋は散らかっていた。それでよく物をなくした。というより、わたしの感覚では、物が消えた。高校生のときには一度、通信簿まで「消えてしまった」。そういうとき、自分のミスで捨ててしまったか、あるいは家族の者が間違って捨ててしまったか（それもわたしの保存が悪いために）、あるいは本当は、家のどこかに在るのに、見つけられないだけだと考える。だがこのたびの父の亡くなりかたは、そういうものとはまるで違う。ごぼっと音をたてて、存在がひきぬかれてしまった。どこを探してもついに見つからない。

墓に到着した。

すでに彫ってある、父の戒名を確認する。さかのぼること一ヶ月ほど前、石材店から校正が届いていた。それは石に彫った文字に、パラフィン紙をあて、上から鉛筆をあて、文字を浮き彫りにさせるという原始的な方法で作られていた。

間違いないと印を押して返送した。戒名などというもの、不要という考え方もあるし、遺族が適当に考え、つけてもいいと知ったのは、菩提寺のお坊さんに高い費用を払ってつけてもらった後のこと。わたし自身、戒名はいらないと考えている。だが父の代までは、前例を踏襲しておくことにする。

祖父の墓参りをしたのは、子供の頃のある一時期だけだった。墓の雑草を抜き、朽ちた花を取替え、最後に線香をたて、最後に甘いものが好きだった祖父のために、決まって何か和菓子の包を置いた。今のように、ペットボトルのお茶などないから、瀬戸物の茶碗に熱いお茶を注ぐ。だが、墓石に置かれたお茶は、急速に温度を失ってしまう。まるで死者に奪われたかのように。湯気のたつあの温度は、どうしたって生きる世界に属している。

一通りお参りがすみ、さあ、帰ろうという頃になると、いつもちょっとしたさざなみがたつ。松の木の陰に揺れる人影がある。お供えを盗みに来る男の子だ。幾度も経験したから顔は知っている。

広大な霊園で、お彼岸でもない限り、めったに参拝人に行き交うことがない。

どこに潜んでいるのだろう、その子は、線香の煙と人の気配をかぎつけ、いつも、わたしたちが帰り支度をしていると、ふうっと木の陰に姿を半分、現す。何というタイミングのよさだろうと、同じ子供ながら、わたしは感心する。

「また、来てる」と父に言う。すると父は見るのをやめなさい、気にするなと言う。仕方がない、とも。しかし祖父にあげたばかりのお菓子が、すぐに盗まれてしまうのだと思うと、理不尽で悔しくてその場を離れがたい。それにもまして、死者へのお供え物を窃取するというその行為が、冒涜のような気がして、わたしは怖い。なのに両親は少し違って、そんなことも含めての墓参りなのだと言わんばかりだ。

あの子は、とても貧しくて、食べるものがないのだろうか。それとも、お供え物を取るというゲームに夢中だったのだろうか。しかし見るからに服は汚く、目つきも悪い。わたしにはとうてい遊びなどでなく、生存に関わる必死の行いという気がしていた。こちらを盗み見てさっと動く所作は、不敵極まりなく、すでに墓場を我が職場として生きる職業人の逞しさ。紅潮した頬は、小猿にも、小鬼にも見える。一言で言えば、ひねこびた顔だ。子供なのに、目つきだけはすっかり成熟して、場合によってはこちらが傷つけられることも、覚悟しなければならないような不穏なものがある。

だがあの子はもう、どこにもいない。今、墓参りの心得を見ると、お供え物は、カラスが食い荒らすので必ず持ち帰るようにとの注意書きがなされている。

ただ大人になって、わたしはあのときの子供に、もう一度、めぐりあった気がしている。

ある日、一人で泊まっていた京都のホテル。宿泊階のエレベータホールで降りると、さっと柱に隠れた小柄な影がある。怪しげな気配に不安を覚え、急ぎ、鍵をあけ、部屋へ入った。

入るなり、外から誰かが、とんとんとんと、ノックする。ドアの小窓から外をのぞいた。すると扉のはるか下方、小さなイキモノが、上目遣いにこちらを見上げ、ハアハアと息荒く何かをつぶやきながら、慌ただしく戸を叩く姿が見えた。

それはわたしが子供の頃、確かにY霊園で出会った、墓場荒らしのあの少年の顔だった。真っ赤な頬と目、額に汗をかき、必死に何かを乞うていた。ドアを開けろ。ドアを開けろ。そうすることを、わたし自身は求めているのに、気づいていないだけなのだというふうに、彼の叩き方は確信的で脅迫的だ。

怖ろしさから、部屋から出られなくなったわたしは、事情を話して、ホテルマンに部屋まで迎えに来てもらう。

わたしはもう、若くないのに、こんなことで人を煩わせることが申し訳ないような気がした。そしてもしかしたら、幻聴と幻想と狂気に侵された老女が、ありもしないことを言っていると思われているのではないかとも危惧して言った。

「すみません、本当なんです。ずっとドアを叩き続けている、小さな人がいるんです。外へ行きたいのですが、怖くてドアが開けられず……」

控えめに冷静に、状況を告げる。

すると迎えに来てくれた人が言うのだ。

「お客様、申し訳ございません。確かに柱の陰に隠れておりました。さきほど、追い払いましたからご安心ください。困ったことに、ときどき入り込んでは女性を狙うのです。小柄な男だったでしょう。まだ子供なのですよ。油断のならぬ子供です」

Y霊園を荒らしていたあの子のはずはない。あの子であれば、もうとうに老年の域に達しているだろう。だがその顔は、確かに懐かしい、かの墓荒らしと瓜二つだ。

水鏡

入らないでほしいと言われているが、娘の部屋には、ときどき掃除機をかける。本や紙が乱雑に散らかった汚部屋は、娘の心をそのまま表しているような気がしてならない。ある日、のぞくと、珍しく小奇麗になっていた。だが床に、黄表紙の本が落ちている。松葉みたいに頁を割って。

表紙には紀貫之『土左日記』。

拾いあげてそのまま、ななめ読みした。

古文は苦手だった。古文ばかりではない。わたしは高校時代のほとんどを寝て過ごしたという記憶しかない劣等生だった。特に古文は言葉に苔が生えているように感じ、読む前から頭が痛くなった。それが、卒業し東京に出てきてから、なんだかやけに学び直したくなって。学生時代の反動だと思う。

なかでも和歌には心ひかれた。短歌でも俳句でも、ましてや現代詩などでもなく和歌だ。ワカ、ワカ、ワカモーレ、古の歌だ。とりわけこの頃は、歌という歌が、妙に胸の底にしみる。

一人娘は高校生になる。小学生のとき父親が海難事故で死んでから、性格が内向して難しくなった。普段は、この娘に、なるべくさわらないように暮らしている。

あれは娘が十四歳の頃だったか、ある夜、壮絶な喧嘩になった。朝起きられず、遅刻を繰り返している生活態度を注意した。いつかは言わなければならないことだった。

いくら言っても、夜遅くまで起きているから、必然的に朝起きられない。何をしているのかはわからないが、友達の話をしたことがないので、ラインなどのおしゃべりに夢中になっているわけでもないらしい。

怒るとそれまでは黙ってしまう娘が、そのとき初めてつっかかってきた。言葉の応酬だけでは収まらなくなって、娘の目がすわってきた。わたしの両肩をばんばんたたき、わかってるわよ、わかってるわよ、わかってるわよ、ええ、わるいのはわたしよ、だらしがないのはわたしよ、なによ、なんなのよと、その激高した様子は異様だった。

こんな娘を自分は本当に産んだのだろうか。産んだのだ。とっさに娘を抱きしめたいと思った。もういちど、赤ん坊のように抱きしめれば、最初から親子関係をやり直せるのではないか。だがわたしはそうしなかった。できなかったのだ。つっ立って、娘からの暴力を、ただ、おとなしく受けているだけだった。娘の力は思いの外強くて、わたしはよろけながらもふんばった。悪夢のような経験だ。あれからも、ときどき嵐が娘を吹き荒れる。

娘は、『土左日記』を読んでいるのだろうか。理解の手助けにならないかとテキストをぱらぱらとめくってみる。ふと眼に入ってきたのは、次の歌だ。

　　影見れば波の底なるひさかたの空漕ぎわたるわれぞわびしき

「男の人が漢文で書くというあの日記を、女のわたしも仮名文字で書いて見ようと思うのです」と、貫之は、女を偽装してこの日記を書き出している。

漢字・漢詩から、ひらがな・やまと歌の世界へ。紀貫之は、性別を乗り越え、表現の冒険に打って出たのだ。

漢字とは置き石みたいなもの。一つ一つの文字が意味を持っていて、目で見るだけで、それがわかる。だけど自分の心のうちの、生命のようにたえず流れゆくもの、流れ去るもの、そうしてついには跡形もなく無に帰してしまうようなものを、書きとめ得るのは、どうしたって、それ自体が流れのような、仮名のほうだったのだろう。

土佐の国での仕事を終えて、京の都へ船で帰る。その一行の旅日記。実際のところ、天候が悪くて、船が港に停泊している日も多かった。まれに海の上を順調に運航する奇跡的な日もあって、たとえばこの歌が出てくる一月十七日などは、そんな一日に数えてよい。

いつのまにか、あたりは薄暗い。

歌には影とあるが月影のこと、そして月影とは月の光のことである。

現代の言葉になおしてみれば、こんな詩になるだろうか――。

月の光が
海を照らす
波の底までしずかに照らす

海のなかにも空があった
海と空とはひとつだった
船でいく
このわたしのわびしさよ
ああ
ひさかたの
空を漕ぎ渡っていくようだ

波の底に空があるという。そんなわけはない。海の波の底は、どこまでも海の水がるいるいと渡っているだけのはずだ。月が海面に照り映えていて、その影を見て、海なのに空のようだと思ってみたのだろうか。

「われぞわびしき」という言い切りに驚く。いきなり、一人の男が、男の孤独が、目の前につきつけられた。

水の面に空を映し見たその人の孤独が、わたしには手につかめるようにわかる気がする。

高校まで暮らしたのは、津島という土地だ。わたしはこのフルサトを心の奥で憎んでいた。早くここを出て、東京へ行きたいと思った。

近所に蓮のとれる田んぼがいくつもあって、大きなヒキガエルが何匹も棲息していた。毎朝、学校へ通うので、傍を通るが、蓮田からは、いつも壮絶な悪臭がした。

水が流れず、たまっているから、あんな臭いが発生したのだと思う。

蓮田の表面は蓮葉が覆っていて、そんなに臭いというのに、夏の早朝には、何も知らないかのような顔で、ピンク色の美しい花が咲いた。ヒキガエルのゲロゲロという鳴き声は、わたしには騒音以外の何ものでもなかったが、蓮の花を見るため早起きする人もいた。多くが近所のひまなばあちゃんたちだったが、たまに風流な若いカップルもいた。彼らは阿呆のように信じていたのだ。蓮の花が咲いて、咲き終わるまでの数時間、蓮池の周りを一緒に歩く、一周できたら、永遠の契りを結べる、つまり結婚できるという伝説を。

地下茎は、いわゆる蓮根として売られ、季節になれば、毎日のように我が家の食卓にものぼった。蓮を食べると根気がつくと、母も祖母も、強いねばりをひく蓮根を、しばしばわたしに食わせたものだ。なかでも灰色をした「黒蓮根」というのがあり、祖母はそれが大のお気に入りだった。

この蓮田のところどころに、はじかれたように、水のくらい面がのぞいているところがあった。蓮葉や花が、繁殖していないところ。

そこによく、雲の影が映っていた。雲の影は、少しずつ動いていくこともあった。暗い小さな映画館で、夏空の上映会が行われているようだった。

わたしは見とれた。鼻をつまみながらも、耳をふさぎながらも、水のなかの空に、水に映る世界に、心を吸い取られ、見とれずにはいられなかった。

高校を卒業したあと、働き口を求めて、わたしは無鉄砲に東京へ来た。早く、一刻も早く、フルサトを捨てたかった。大学へやる金はないと親に言われていた。だけど懸命に働けば、何年か後には、どこかで学べるかもしれないという希望は持っていた。大学という場所でなくてもよかった。ずっと劣等生だったわたしが、どうしてそんなことを思ったのかは自分でもわからない。

K大学が市民に公開していた古典文学講座。そこで同じように地方から出てきた、あの人に出会った。東京に出てきて十年がたっていた。

出会いから数年後、娘が生まれた。その日、産院の窓から、空をゆく大きな鳥を見たことをわたしは今でも忘れない。空に刻印された翼の影までも。いや、確かに鳥は見たが、翼の影まで見たというのは、わたしの作った幻影だったかもしれない。娘が生まれたことは幸福なことだったが、同時に自分自身の翼のようなものをもぎとられたという哀しみもあった。空をゆく鳥の軌跡が、わたしの心に傷にも似た轍を掘った。わたしは死んで、また生まれた。子を産むとは、そういうことだった。

その娘が八歳になったとき、夫が死んだ。一人、出かけた徳島の、旅先のフェリーから転落して死亡したと知らせを受けたとき、わたしは、こうなることを、ずっと前から知っていたような気がした。驚かなかった。「あ、死んだ」と思った。「死にたくて自ら死んだのだ」と直観した。物静かで、一緒になってからも、あまり心の内をあかさない人だった。

しかし警察は、酒に酔った上での事故と結論を出した。彼は波に引き抜かれたのだと思う。牛蒡《ごぼう》を抜くように。そうして消えた。消えてしまった。

海の波の底に見える影は、人の面影というものに違いない。面影はどこにでもいて、ふいに浮上する。

それにしても、紀貫之が書いた、「波の底」とはどういうことだろう。波というものに底があるのか。海ならある。海底という底がある。しかし波の底とは何か。ナミの底。涙の波か。

川端康成も「底」を書いている。『雪国』の冒頭、「夜の底が白くなった」という、よく知られたあの一文だ。夜の底が白くなるとは、実は抽象的でよくわからない。『雪国』は、冷静に読んでみると、そういう不明点がここかしこにある。川端はもう、『雪国』のあたりから、妖怪のような文章を書いていたのだと思う。

終盤、島村に酔った駒子が、「……あとでいつしよにお部屋へ行かせて」といい、去っていくところで、また「底」が使われている。彼女の「後姿が暗い山の底に吸はれて行くやうだつた」と書いてある。

夜の底もわからないが、山の底というのもよくわからない。

「地面の底に顔があらはれ」と書いたのは萩原朔太郎だった。そんなイメージを見た朔太郎は病気だったのだろうか。

底というのは、自分の心の最奥部ということでもあるのだろう。下降していく自分の心を、最後、抱きとめる底の底。底なしの虚無ではない。底がある限り、まだ生に、皮一枚でつながっている。底という場所は、あたたかい。

わたしは『土左日記』を閉じ、清潔にしすぎない程度に、まるく掃除機をかける。そうして再び、部屋の床に、『土左日記』の頁を押し広げて置いた。

さわらないで。わたしにかまわないで。部屋に絶対入らないで。向こうへ行け。娘から聞こえてくるのは拒否と罵倒の声音ばかりだ。

ときどき、船からこぼれた夫の最後を考える。考えるというより、想像する。そのとき一瞬だけ、平穏な気持ちになる。夜の海の波の底に吸い込まれていったあの人。

わが袖は潮干に見えぬ沖の石の人こそ知らね乾く間もなし

二条院讃岐《にじょういんのさぬき》の歌だ。歌の海の沖の底には、波に濡れ続け、乾く間もない、小さな石があるという。

歌に詠まれた「袖」は、涙で濡れ続けて乾く間もないというが、わたしのブラウスの袖は、いつもぱさぱさと乾いている。

それでも海底の石のことを思うたびに、ぱさぱさになったわたしの心にも、幾分の水分がもたらされるようである。

唐突に、娘を捨てる日がいよいよ近いという感覚が降りてきた。今は何もわからない。だが当日になれば、今日がその日と、きっとわかるのだろう。

あみゆるよちきも

反対されるのは覚悟していた。母に言うとき早口になった。もう決めたの。二人で決めたことだから。ただし、一年後には籍を入れるつもりよ。

まわりではわりかし、よくあることだった。結婚前に、一定期間、同棲するということ。期間を定めるカップルもいたけれど、多くは考えもなしに、なんとなく始め、その後はさまざまな経過をたどる。

結婚とか、出産とか、人はイベントをゴールに設定したがるが、そうした出来事が文字通りゴールになるのは一瞬のこと、次の瞬間には、ゴールの先が始まっていて、そっちのほうがほんとは長い。

それをおそらくわたしたちは知っている。だから、始めない。人生の始まりを、なんとかして先送りする。ずるいと思う。覚悟が足りない。なんとでも言え。自分でもそう思う。

いっとき、よく聞いた、「お試し期間ね」という言い訳は、下品だしもう、はやらない。一日も早く一緒に暮らしたい、というせりふも、そらぞらしくて使えたものではない。わたしたちは――わたしたちの世代というべきか、どうも、そういう「情熱」にはなじまない。嫌いではないが、愛しているわけではない。母に言うと、「みんなそうだ」と言う。

それでも、とりあえず一年と決めた。

それは彼が、自分の親よりも、うちの親のことを考えてくれたことの証でもあった。離婚したあと、一人娘のわたしを一人で育てて苦労した母。

彼は言う。結婚前に同棲したいだなんて、古い親なら、てめえ、なにをほざくかって、たいてい男のほうがぶんなぐられるところだ。ミサちゃんのお母さんはやさしい人だから、なぐりはしない。けど心配だと思う。やめてほしいに決まってるさ。だからあのお母さんを説得できなければ、同棲はやめたほうがいい。

――あれ、なんて良識派。わたしだって、母とはもめたくない。そこから出た結論が、最初から「一年限定の同棲」というものだった。

母の母、つまりわたしの祖母は、このことを聞き、絶句して言ったそうだ。

ふしだらな。

むかしだったら、大変なスキャンダルよ。今だってそうだわ。あんた許すの？　聞かれたその「あんた」、つまりわたしの母は、わたしの目をみつめ、許すとも許さないとも言わず、で、一年後には結婚するのよね、と複雑な顔で念を押しただけだった。

彼とは保育園と小学校が同じ。幼馴染だ。中学にあがるとき、わたしは生まれた土地を離れたけれど、彼はその後も、ずっと地元暮らし。二年前、有志が集った数人の同窓会で再会した。会った瞬間、ぱっとつながり、ああ、わたしたち、同じ根っこを持っているんだなって思った。人間関係で苦労ばかりしていたわたしは、温泉につかってるみたいな心地よさに浸った。わたし、この人と結婚するわ。

やすゆきというのが彼の名前で、わたしがやっちゃんと呼ぶのにつられ、周囲の誰もがやっちゃん、やっちゃんと呼ぶ。わたしたち、来年には三十五になる。なのに、やっちゃんは、やすゆきさんでなく、いつまでたっても、やっちゃんだ。

ミサちゃんはしっかりしていて、センセイみたいだけど、やっちゃんはそのセンセイに飼われている、かわいいペットみたい。かつての同級生たちは、そんなふうにからかった。実はわたしたちも、それを否定できなかった。センセイみたいというのには苦笑しかなかったが、確かに彼の表情には、いつも「あなたのお役に立ちます」感があふれていた。そのお尻には見えないしっぽがついていて、ご主人のわたしに向かって、いつも激しく振りちぎられている。

そしてわたしはえらの張った顔に大柄ということもあって、内実は違うのに、いつも決定権を握る、家庭内権力者のように人に見られた。

ともに暮らす部屋は、わたしたちの生まれ場所から、電車で二十分ほどの距離にある。小田急線沿いにある「笹の原台駅」だ。駅前の商店街をしっぽまで抜け、住宅地に入って、さらに五分。まばらに建つ家々のなかに、わたしたちの暮らす二階建てのアパートがある。

彼は今、道路工事の現場で働き、毎晩、ぐたぐたに疲れて帰ってくる。わたしは家具屋でアルバイトをしていて、立ち仕事といっても、彼に比べれば格段に楽だった。そもそもお客がほとんど来ない。楽というより暇なのである。わたしは働く意欲をすでに失っていたが、辞める前に店が倒産するだろうと思う。

夕方五時にはきっちり仕事を終え、スーパーで買い物をして、食事を作り、やっちゃんをぼんやり待っていると、ときどき虚しいような気持ちになったが、虚しさを幸せと誤解してみる自由はあった。

これ、結婚じゃないよね。あくまで同棲だよね。自分にそう問いかけてみるものの、意識とは別に、わたしの身体は、すでに奥さんみたいなものに侵食され始めていた。待つ生活。整えて待つ生活。もう平成も終わりかけているのに、何をしているのだろうとわたしは思う。窓の外に、昭和時代の、豆腐屋のラッパの音まで聴こえてきそうだ。映画でそんなシーンを見たことがある。

それでも日々は、親たちが言うような矢のごとし、どころか、矢よりもすばやく流れていった。一緒に暮らし始めて半年。今もわたしたちは別れていない。

母はいつだって心配していた。わたしが、「おとなしく見えて、相当に我が強い」ので「そのうち、ぜったい捨てられる」というのである。うまくやってるの？　母が不安そうに聞くたび、大丈夫よ。わたしは努めて明るく答える。

このところ、やっちゃんは、若い頃のようには疲れがとれない。一日寝れば、元気になる人だったのに。わたしが、見よう見まねでマッサージを施したところ、それをよろこんで、毎夜の日課になった。ミサちゃんはうめえなあ。プロ並みだよといって、子供に小遣いを与えるみたいに、終わると三百円くれる。

自分の労働がお金に変わる。それはいつのときも魔法を見るような驚きだ。家具屋が倒産したら、マッサージ師の免許をとりたい。わたしは真剣に考え始めている。

ああ、そこそこ、いいねーきくねー。うつむきになった彼の背中に、馬乗りになってもみほぐしていると、たいていわたしたちはムラムラとその気になってきて、気づくと、わたしがやっちゃんに引きずり込まれ、彼の上にいたのが、いつのまにか下にいたりした。

そんなとき、よく思った。わたしたちは、大昔の昔にも、こんなふうに一つだったのではないかと。わたしが姉で、彼が弟。わたしたちは、古代にもタブーだった「血のまじわり」を踏みはずした者の末裔では？


ある日、やっちゃんの手首に、見慣れぬ金のブレスレットがあった。彼の趣味とは微妙に違う。首とか手首に金の鎖なんか、つけるような人じゃないのに。ぜんたい、水商売っぽい匂いが近頃して、わたしは妙に不安になった。

それ、どうしたの？　誰かにもらったの？　やっちゃんは、うんと言った。ミサちゃんの知らない人だよ。会社の人？　同じ会社でなくて、系列会社の人。飲み会に行ったとき、知り合ったんだ。男の人？　うん、やろうばっか。たくさんいるの？　うん、まあ、そのときどきで人数は変わるけど。

女ではないと聞いて、ちょっとほっとする。だけど、男にもらったブレスレットというのも、妙に胸騒ぎがする。どんな人たちなのか、皆目、イメージがわかない。黙っていると、やっちゃんが喋り始めた。

彼らはおれに仕事のやり方を教えてくれる。参考になることがいろいろあるんだよ。人間関係の知恵みたいなものとかね。礼を言ったら、もう使わないからって、こういうものを、ときどきくれる。みんなやたらと金まわりがよくって、持ってるものがはんぱないんだ。この鎖だって、みっしり重い。今までこんなもの、つけたこともなかったけれど、似合う、似合うって言われると、そうかな、なんて。どう？　似合うだろ？

似合わないわよ。そう思ったけれど言えなかった。

変化はだんだんと、広く現れ始めた。貰い物の背広、シャツとか靴。ヘアースタイルも徐々に変化した。以前は目の上にかかるくかかるくらいの、やわらかい天然パーマで、それをかきあげる仕草が素敵だったのに、ある日、きりっとした五分刈りで帰ってきた。やっちゃんが改造されていく。殺気を感じ、怒りを覚えた。

一方では、そんなやっちゃんを、受け止めてあげたいという気もちも、まだ持っていた。ときどきは意を決して、それ、似合うとは思えないけど、と言ってみる。するとやっちゃんは、すごく機嫌が悪くなり、おまえは何もわかっちゃいないと陰気に怒る。おれとかおまえとか、そんな言葉を使う人ではなかった。

わたしは辛かった。だんだんと、やっちゃんを怒らせないことにエネルギーを使うようになり、やっちゃんのヤクザチックな趣味にも、文句をつけないようになった。

それが結婚のコツなのよ。相手の身になったり、同調することもときには必要でね。

母に相談すると、決まってそんな、どこかで聞いたようなことを言った。母は離婚したことを後悔していた。自分に足りなかったのは、歩み寄る気もちだった、なんてよく言う。

歩み寄る気もち。あゆみよるきもち。あみゆるよちきも。

そう思っていなくても、気もちのほうが勝手に歩いていってしまう。なんだか暗号のようで不愉快な言葉だ。

今度、お世話になっている人、家に連れてきてもいいよ。御礼が言いたいし。

ちょっとした妻きどりで、ある日、わたしはやっちゃんに言った。

あと少しで、一年の同棲期間が終わる。結婚の話も、具体的に話したいところだった。

やっちゃんはまるでのんきで、このまま行けば、いつまでもわたしたちは、同棲という、もやもやとした時間のなかにいるだろうと思われた。そのだらだらに区切り目を入れるには、何か、外からの力、あるいは儀式のようなものが必要だった。

まだ夫ではないから、夫とは呼べないが、未来の「奥さん」として、お世話になってる人を大切にしたい。そんな自分の気もちの変化に、わたしは自分でも少し驚いていた。

わたしの提案を聞くと、やっちゃんは少し意外そうな顔をした。いいの？　と無表情で言い、女って、結局、みんな、そんなことを言い出すんだなと悟ったように言った。まるで何回も結婚し、何人もの「妻」を娶《めと》ってきた人の感慨のようだった。


それでも間もなく、やっちゃんは連れてきてくれた。初めての「ともだち」。いや、「恩人」か。現れた人は、控えめに見てもかなり年上で、威厳があり、だが、こういっては悪いが、正体不明。藤原です。とその人は名乗った。

見るなり、こちらもその世界観を悟った。この人からやっちゃんは影響を受けていた、ということがただちにわかった。雰囲気やファッション、爪のかたちまで、藤原さんは、変容後のやっちゃんにそっくりだった。やっちゃんが藤原さんの全身をまねたのだ。髪型も、背格好も肉付きまで似ているものだから、テレビに向かって、並んでいる後ろ姿が区別できない。

藤原さんが、奥さん、とわたしに呼びかけた。びっくりした。奥さん、と人から言われたのは初めてのことだ。まだ結婚したわけではないんです。そう言おうとして、だけど、自分のなかではしっくりくるところもあって、図々しいようだったが、そのまま、「奥さん」を受け入れ、奥さんになる。

すぐにご飯にしましょう。そう言って、台所へ立ち上がると、藤原さんがまぶしそうに言った。

奥さん、私などが言うのもなんですが、やすゆきくんは、職場のスターですよ。実によくがんばっています。ご存知でしょうが、非常にハードな職場です。上司はみな、理不尽なことを言う。パワハラすれすれ、ブラックですよ。

するとやっちゃんは、まるで兄貴分に遠慮するように、みんな藤原さんのお陰っすよ、などと言う。具体的なことは何もわからないが、二人には、互いの絆がしっかりと見えている感じだ。

お世話になって、本当にありがたいことです。それしか言えない。それでいい。

すると、やっちゃんが、おまえな、と言った。誰のことかとわからなかったが、わたしのことを呼んでいるらしい。ミサちゃんと呼んでくれたことが、二十年も三十年も前のことに思われる。

おまえな、こちらさんは、仕事の合間にマッサージまでしてくださるんだよ。

そういえば、最近、わたしのマッサージをやっちゃんは求めなくなった。

いやなに、素人のマッサージです。藤原さんが謙遜という響きを持たない率直な言い方をした。

おまえもやっていただけばわかる。藤原さんは普段は誰にもやるわけじゃないんだよ。

奥さん、お疲れでしたら、ひともみさしあげましょうか。

えっ、わたしにですか？　言葉につまった。今日会ったばかりの人に体を触られるのは、気がすすまない。それで、食事の用意が——とわたしは逃げた。

するとやっちゃんも、ああ、そうだ、おまえはいいよ。食事のしたくをしなよ。マッサージは、おれがしていただく。いいでしょうか、藤原さん。

ええ、よいですとも。夕食前に血流を流しておきましょう。

そこにはなんとも言えない、自然なリズムが通い、二人はまるで兄と弟。いや、こう言ってよければ、師と弟子のようでもある。

藤原さんのもみほぐしは、とても静かで、まるで音がたたない。静かだけれど、一指、一指が、体の奥へ、深く沈み込んでいるのがわかる。時折、二人の間で、ささやき声がかわされるが、何を言っているのかわからない。二人の周りばかりでなく家全体が、なんとも言えない浄化された空気で満たされ、わたしは台所で、皿の音一つたてられず、聞き耳をたてていた。

しばらくすると、すーすーという、人の寝息が聞こえてきた。どうやらやっちゃんは寝入ってしまったらしい。この家に、藤原さんとわたしが急に取り残されたような気がした。

それにしても、いきなりあがりこんで、なんだろう、この人。抗う気もちが、彼に知れた。藤原さんが、台所にいるわたしを見、にかぁあっと、太陽のように一度きり、熱く笑った。顔中にシワが寄り、何かが割れた。怖ろしくエネルギーに満ちた微笑みだった。静謐な室内に、一瞬、点火されたように熱があふれ、次の瞬間、彼が真顔に戻ると、今度はいっせいに影がさし、まるで朝と夜とが、激しく交代したかのようだ。この人を怒らせたくない。怒らせたら、怖いことになる。

もう少しです。藤原さんが言った。マッサージはもうすぐ終わるらしい。

そして彼は、一層、深く、何かをもみ入れるように、やっちゃんの身体に覆いかぶさる。

やっちゃんはもう、寝息すらたてない。海の底に沈んだ遺体のようだ。

わたしたち、もうすぐ結婚するんです。同棲期間があけるんです。

自分のなかから、静かな声が出た。

「あける」というとき、まるで喪があけるというのと同じような響きが出た。これからなんです。ようやく始まるんです。

だから邪魔をしないでほしいのだと、それは心のなかで言うと、それも素通しになって伝わってしまったように、藤原さんが、にかぁあっと笑い、そうですよね。これからですよね。お二人の生活は。

それから目をふせ、ふっと深く真顔になった。すると谷底がそこに開け、わたしは思わず引き込まれそうになる。

やっちゃん、起きて。起きてよ、やっちゃん。いつまで寝てるの。ご飯食べよう。

だがやっちゃんが起き上がることはない。わたしを置き去りにして、誰よりも深い眠りのなかへ落ちていく。

そのとき、とんとん、とドアをたたく音がした。「わたしよ」という声がする。「入れてちょうだい」。母だ。母の声だ。

母がいきなり来るのは珍しい。玄関から室内がすぐに見渡せる我がアパート。母はそこに、見知らぬ男がいるのに激しく驚き、あとずさりした。

「あらっ、お客様」

「うん、やっちゃんがお世話になっているの」

「藤原です」

「やっちゃんはどこ？」

母は藤原さんを軽く無視して、やっちゃんを探しながら、家にあがる。

「あなたたち、一年になるわね。指折り数えてきたのよ。そろそろ、結婚式の相談でもできるかと」

胸が傷んだ。孤独な母は、わたしたちの婚約期間があけるのを、当事者たちよりも、正確に辛抱強く、指折り数えて待っていたに違いない。

やっちゃんはそこにいるわ。

そこには茶色い液状のものが薄く広がっていた。藤原さんがさきほどまで、深くもみほぐしていたものが、今、人がたをほどき、敷布のうえに、平たい水液として広がっている。

「やっちゃんはどこ？」

納得しない母は繰り返すが、藤原さんはそんな母にもにかぁあっと笑い、「一年ですね。新しい関係が始まりますね」。そう言うと、玄関でなく腰窓をまたいで外へ出ていった。

玄関には藤原さんの貧しい靴が揃えられたまま置き去りにされている。

「あら、忘れ物だわよ、靴、靴、靴」

母があわてて窓から叫ぶが、窓から出ていった人が戻ってくることはない。

虫が鳴いている。

秋が来ていた。

4章

祝祭

口をあけてねむっている
おかあさん
その口から
灰色の煙がひとすじたちのぼり
上から見下ろすと
胸の大地が
ハアハアハア
静かに
上下している

いよいよ帰る時が来た

だが
わたしたちは
かつてどこかに
たどりつけたことがあっただろうか

地図もない　長い旅

口をあけてねむっている
おかあさんは
いよいよ
自らの火山を閉じようとしている

縁ある者が

噴火口のまわり
まつげのように集まって
おかあさんの
まっくらな口の穴を
交互にのぞきこむ
ハアハアハア

そのとき
いっぴきの蝿が
噴火口のとば口に
思慮深くとまった

おかあさんには払う力もない

蝿の次は

蝶が来た
蝶の次は蟻の列が
黒いよだれさながら
長く続いた

穴の底で
日章旗が揺れている

光が射し
川面がきらきらと光った

象を捨てる

鍵盤を押すと、音が出ない。電気で音を出す電子ピアノだから、出ないときはこうしていきなり出ない。接触が悪いのかもしれないし、以前の地震によって内部の装置が壊れてしまったのかもしれない。

今のアパートに入るとき、生ピアノを捨てた。捨ててこの電子ピアノを買った。押すと、ぶよぶよと鍵盤が柔らかく沈んだ。それだけは、生ピアノと違った。生のピアノの鍵盤には「底」というものがあり、音が鳴るということが、すなわちその「底」に到達したことを意味した。自分とピアノが、そこで結ばれた。

電子ピアノには鍵盤に「底」がない。ぼんやり、のっぺりした感触が指のはらに伝わるだけだ。関係したという手応えがつかめないので、なかなか好きになれなかった。いや、正直なところ、好きとか嫌いという感情すら、生まれなかった。なぜなら、電子ピアノは、クローン人間のようなもの。唯一無二の「個」を持たない。

鍵盤の「底」というのは、人間でいえば骨のような部分だ。生きている人間には、骨が見えない。それは常に柔らかな肉に包まれている。抱き合ったりすると、骨を感じる。するとその人の奥行きに触った気がする。肉体の奥には、その人を作っている構造体があって、それ自体に触るわけではなくても、それを感じるだけで、その人自身に触っているような気持ちになる。

小説もそうだ。構造それ自体は見えない。だが感じる。そういう小説が確かにあり、それに触ったと感じるとき確かな快感がある。村上春樹の小説にはこの構造がある。川端康成は逆に構造がまるで感じられない。幽体というか、くらげといおうか、文章がぶよぶよとたゆたっていく。それもまた怖くて引き込まれるのだが。

生ピアノで、一度、忘れられない経験をした。中学生のとき、ピアノの発表会に出たが、舞台にあったのがスタインウェイのグランドピアノだった。鍵盤の上に、Steinway & Sonsと刻まれていて、中学生のわたしは英語を習い始めたばかりだったが、Sonが息子を意味することは知っていた。複数の息子たちの存在が、鍵盤の上にうごめいて感じられ、ピアノにぴったりの名前だなと思った。

スタインウェイには、骨があった。それにつきあたると、わたしの指の骨に打ち響く。性的といってもいいような快感だった。深く、クリアで、悪魔的。指がとけ、鍵盤の奥へ誘い込まれる。こういう快感を楽器が与えてくれるのだとすれば、弾き手の多くは、その快感を求めて、ひたすら好みの楽器を探すだろう。そしてもし探し出したら、それがどんなに高価であっても、なんとかしてどうにかして、手に入れようとするだろう。そう思うが、それはわたしの物語ではない。

わたしは一度限りのスタインウェイと別れた。

日本の高度成長期。わたしの家は地味な商家だったが、音楽が好きだった母が、苦労してアップライトのピアノを買ってくれた。ヤマハとかカワイとか、有名なメイカーではなくて、全音という楽譜出版社としてはよく知られた会社のピアノだった。Zen-on と内扉に刻まれていたはずだ。

今はもう Zen-on のピアノは製造されていない。当時も、Zen-on のピアノは、ほとんど知られていなかった。おそらくヤマハよりだいぶ安価だったのだと思う。

どこのメイカーのピアノを使っているのかと、ある日、ピアノの先生に聞かれ、わたしは言いよどんだ。すると、ヤマハですか、と先生が言う。いいえとわたし。ならカワイですか。いいえ、全音です。

一瞬、間があいて、先生が繰り返した。

全音？　全音のピアノ？　聞いたことがないなぁ。

そんなことを言われても、わたしは全然、平気だった。母がお金をかき集めて、買ってくれたことはわかっていた。母はなんでも、ものを定価で買わない人で、それは商家のおかみさんとしたら、当たり前のことだったのかもしれないし、特殊なことだったのかもしれない。いずれにしろ、安ければ安いほど、助かるということはあった。

たとえば魚なら魚河岸、おもちゃは馬喰町の問屋街というように、その道の商売人が買いに行くようなところへも、母は平気でよく出かけて行った。玄人しか知らない獣道を開拓する人だった。断られたこともあると思うし、嫌な思いをすることもあっただろうと思う。今でもあるかどうかはわからないが、少し前、日本橋馬喰町界隈の裏道などを歩くと、「素人お断り」という一文が張ってある店などがあって、わたしはもうそのとき、十分に大人になっていたけれども、むかし母は、こういうところへもどしどし入っていき、売ってくださいと頼んだのだろうかと、どきどきしながら想像した。

Zen-on のピアノがどのようなルートで我が家へ来たのかはわからない。しかしそれは、母のおそらく戦利品に近い。そしてわたしもそれについては、文句を言う筋合いではなかった。黒光りするZen-onピアノ。今度もまた、正面切っての正価による買い物でないのは確かだったが、わたしはうれしくてならなかった。

スタインウェイに比べれば、そりゃ、吸い込まれるような、とろける「骨」は持っていなかったけれど、文句のない、とても立派な、中堅どころのピアノだった。

しかし、両親が老い、実家に二人暮らしになったとき、この国に近い将来、必ず地震が来ると覚悟して、わたしはその長年の相棒を捨てた。畳敷きの仏間にピアノはあった。両親はそこに寝ていたから、ピアノが倒壊したら、下敷きになることが考えられた。

「弾かなくなったピアノ、引き取ります」そういう広告が、ときどき新聞に出る。チラシにも入る。ある日、たまたま目についた電話番号に連絡した。メイカーと製造番号を告げると、我が家のピアノには値段がつかなかった。

やがて二人の男が来た。そして短時間で、部屋から縁側を通し、あっという間にピアノを運び出した。

母もその場にいた。お母さん、ごめん。これを買うために、どれほど苦労したことか。具体的にどうしたのかを何一つ知らなかったが、母の大変さだけは伝わっていた。

けれどその母は、案外、けろっとしている。女は変化に強い。母という存在がとりわけそうなのか。情緒を必要以上に重く引きずらない。仕方がないというその顔は、しかし変に真顔で、そこにいかなる感情も読み取ることができない。以来、わたしたちの間で、ピアノが話題になったことはない。

わたしはかなり、ピアノを熱心に練習し、いっときは音大へ行こうと思っていたほどだったから、十分すぎるほど、近所に「騒音」を撒き散らしていた。だからもういいと、あきらめることもできた。だが、母や父は、どうだっただろう。わたしはよく、父に頼まれ、昭和の曲「北帰行」や、日本の歌をピアノで弾かされた。嫌で仕方がなかったが、断れなかった。

ピアノのあった仏間で父は逝ったが、そのときはもう、ピアノを処分したあとだった。ピアノを聞かせてあげることができたら、周りは迷惑しても、父はよろこんだかもしれないし、わたし流の介護になったかもしれない。今はそう思う。音楽が介護の現場にあったらと。音楽がもっと日常にあふれていたらと。

音楽の効果は数値ではかれず、なくても別に命には問題がない。実際、わたしは実家を出たあと、ピアノなどない生活を始めたが、ピアノなど弾かなくても、渇望を自覚するわけでもなく、どうということはなかった。その事実に、自分自身がびっくりしていた。音楽も詩も、なくてもどうということはない。ふと気づいて、「ない」と思っても、不思議なくらい、どうということはない。音楽がないと生きられないなどという人があっても、ないことで、死ぬわけではないし、死を選ぶわけでもない。なくても生活は進んでいく。

そんなものなのだと知った上で、それでも音楽が、生きる時間の質を変えることがあるのだとわたしは思う。生きている途中で、かつて指が味わった鍵盤の底のような感触が、ふいに蘇ってくることもある。それをこうして書いてみると、いろいろなものが表面に油のごとく、浮かび上がってくる。

ピアノをわたしは、妹と一緒に習い始めたが、わたしのほうが上達が早く、妹のピアノは、ついにほどほどのところで終わった。

妹は活発な子で、わたしとはまるで性格が違う。わたしは妹を、単に練習嫌いで、ピアノが好きではないのだと思いこんできた。だが本当にそうだったのか。

ピアノは一台しかなく、どちらかが練習していれば、どちらかはあきらめるより仕方がない。わたしが長く、ピアノを独占していたから、妹は弾くチャンスが奪われていただけかもしれない。

わたしと妹とは一つ違いで、後年に至るにつれ、だんだんと疎遠になり、「仲の良い姉妹」とは言えなくなった。けれどそれは、妹がわたしに、常に何かを譲り続けてきたせいかもしれないと、この頃では思っている。

自分はいつも我が道を、あまりに堂々と生きすぎた。妹を押しのけたかもしれないのに、その瞬間を覚えていない。

ところで音を出さなくなった電子ピアノだが、これを買った店はすでになく、修理をお願いするにも、だいぶ手間と時間とお金がかかることがわかってきた。生ピアノはもとより、電子ピアノも、今や日本の一般家庭のなかで、以前ほどの需要がないということなのだろう。

壊れた電子ピアノはいずれにしても、近い将来、捨てることになる。

ピアノという、象のごとく重く大きな存在を捨てる。東京湾の暗い海へ、人を捨てる殺人者のように。ピアノを処分するということには、その重量に見合った、重い罪の意識がある。波しぶきがたち、ずぼずぼとピアノが沈む。

翌日から、また日常が始まる。あんなに重く圧倒的だったものが、なくなるといっても、我が身は軽い。なくてはならないものなど、本当は何もない。ものがなくなったところに、一瞬、さびしさのようなものがわくが、空間に同じものが再び満ちることはない。どんなに否定したところで、わたしのなかにも、長年の所有物を捨てる解放感があるだろう。

面影について

大きなはりがねの輪をしゃぼん液にひたし、それを空中で静かに揺すっては、巨大なしゃぼん玉を作っている人を見た。

しゃぼん玉はふるふると生まれ、たわわに歪みながら、空中をさまよっていく。すぐにでも割れてしまいそうであるのに、案外の強度を持っていて、しかし途中でふわりと消える。

面影もそうだろうか。

面影も、あんなふうに生まれては消えるのではないか。

とはいえ面影とはなんだろう。なんと曖昧な言葉だろう。わたしはそれを、知っている。

しかしそれを言葉でうまく語れない。

面影は実像ではない。空間に兆すもの。実像から生まれたもう一つの象だ。

巨大なしゃぼん玉を作るはりがねの輪のように、実像の枠（輪）から湧き、絶え間なく分離する。そこには物言わぬ眼差しが通っていて、生きているかのように、歪み揺れながら空間を移動していく。

沖縄に伝わる「琉歌」に、面影を詠んだものがあった。

面影とつれて　いきやす別やべが　語らても飽きぬ　なれしおそば
（うむかじとぅついりてぃ、いちゃすぃわかやびが、かたらてぃんあかぬ、なりしうすば）

恋しい面影だけと一緒になって、これから先どうしたらよいでしょうか。語らって語らっても飽きないほど、おそばで慣れて楽しくすごしていたのに。

詠み人知らずの歌だけれども、女が詠んだものだろうか。この歌では、面影がすでに死者の顔として詠まれている。愛しい人、誰かが死んだ。その面影だけと連れ立って生きていく。長く慣れ親しみ語り合ったが、男の声はもう聞こえない。

そう、面影は声を持たない。匂いもしない。実体ではないのだから。面影は琉球方言で「うむかじ」という。「おもかげ」といえば、その「おもかげ」とやらは、はかなく流れ去ってしまいそうだけれど、「うむかじ」という音には、実像に、まだかすかにつながっているぞという実体感がある。

琉歌は沖縄の和歌といわれるが、五・七・五・七・七のリズムではなく、さんぱちろく、といわれる八・八・八・六が基調にある。

みんな偶数なのだ。奇数が刻む和歌が技巧と洗練に向かってきりきりと進化していったのと逆に、琉歌の偶数律には、解放感と安定感がある。晴れ晴れとした空の青の明るさのなかに、哀しみが際立ってくるというところがある。

面影と連れて、面影と連れ立って、死者とともに歩いていく。

伊勢物語二十七段には、悲しい女の面影がわく。たった一夜、通っただけで、あとはもう訪れることもなくなった男がいた。通われなくなった女は手を洗う盥《たらい》の貫簀《ぬきす》(竹で編んだすのこ。手を洗うときに注ぐ水が飛び散らないように盥の上にかけた)をのけて、水のなかをのぞきこむ。するとそこに、一人の女が映っていた。

我ばかり物思ふ人はまたもあらじ
と思へば水の下にもありけり

わたしほど物思いになやみ苦しむ女はいないと思っていたのに、水の底にもう一人いた。その人はわたしよりも、もっと苦しんでいるように見えた。

一夜限りというのは、男の側から言えば、その行動にすべての理由があるが、女の側にたてば、屈辱的で、「なぜ」という波紋が幾重にも心に輪を描く。そんなとき、女は、水の底にもう一人の女の面影を見る。

水鏡に映った、自分自身に他ならないが、すでに実像からは分離している。そもそも歌をつくるという、その心のなかには、自分のなかからわく、自分の面影を追いかけていくところがある。苦しんでいる自分を自分が見る。そこにはもう、苦しみだけが渦巻いているのではない。苦しみから分離した、別の感情が育っている。そこからおそらく創作が始まる。

わたしは面影と連れ立って旅をしたことがある。

気づくと誰かがついてくるような気がした。怖いというのではない。懐かしいというのとも違う。違和感を覚えながら車窓を見ると、自分の顔が映るはずのそこに、見たことのない強面の老女の顔があった。

自分の未来像だと考えるのはたやすいことだが、老女のけんある目つきには見覚えがなかった。そんな歳になっても、黒々とした髪の毛は、染めているのか自毛なのかはわからないけれども、異様なほど活力ある印象を周囲にばらまいている。男のような物言いをする老女であった。

彼女の背後には、七、八歳くらいの男の子がいた。むしろ思い当たるのはその子のほうだった。むかし、子を川で亡くした。亡くした年齢がちょうどあの子くらいで、生きていれば今年二十歳になる。左の眉の一箇所に、ナイフで削ったような毛のないところがあって、それを見たとき、あっと思った。スガオ、と思わず、名がこぼれた。

二人は墓参りの帰りらしく、会話のなかから、墓石だの墓碑銘だの墓地だのという言葉が、さかんに聞こえてくる。

車窓の向こうには一面、平野が広がっており、空が激しく夕焼けていた。

「湖があったよね」

「ああ、池というほうが正しいが」

「向こう岸が見えないほど、水が広がっていたよ」

「墓地ではよくあることさ」

「水の下には何かいるの？」

「いいや何も。なぜそんなことを聞くんだい」

「中央のところが盛り上がっていたんだ」

「なかなかいい観察眼だ」

「あれはなんなの？」

「湧き水さ。水の盛り上がりは、ほんのかすかなものだ。そこに気づくのは、すごいことだよ」

少年はうれしいときの癖なのか、怒ったように頬をふくらませた。

「湧き水って？」

「自然に湧いてくる水があるんだ」

「どこから湧くの？」

「地下。ずっとずっと深いところ」

「見たことある？」

「見たことはない。だけど感じることはできる」

少年は自分もそれを感じることができるというように、自分のおなかを押さえ、目をつぶった。

「湧き続ける……それは永遠に？」

「わからないが、多分、永遠だ」

「ぼくらは何をしたらいい？」

「何も。驚き、感謝することしかできないだろう？」

するとい車窓にはみるみるうちに、昏《くら》い水が揺れて広がり、二人の姿がそのなかに隠れた。

しかし声だけは、水底の声のように、くぐもって聞こえてくる。

「墓ってさみしいよ。どんづまり。声が出せないんだ。拝んでくれる人があっても」

「どんづまり、だなんて言葉をどこで覚えたんだい？」

「さあ、ここへ来てからかな」

「そろそろ水がしみこんでくるよ」

「ほんと？」

「墓地はやがて水びたしになるんだよ」

「そうなるって決まったの」

「地震が来て、台風が来て、川があふれ、池の水が合流し、水はやがてここまでやってくる。そんなに先のことじゃない」

「そのときは、ぼくたちも流れ出すの」

「ああ、おそらく」

「そしたらお母さんはどうやって僕らを探すのだろう」

「大丈夫さ。面影になればいいんだ」

「面影？」

「面影とは、そこに兆すもの」

「きざすって？」

「光を覚えているか」

「ああ」

「光のように、そこにさしこむ」

「そこって？」

「この世のあらゆる空間だ」

「お母さんのいる空間も入っているね」

「もちろんだ」

「お母さんはわかるね？」

「ああ、きっとわかる。そのときは、きっとお前の名を呼ぶさ、清々しいお前の名前を」

亀　あとがきにかえて

朝、パンを買おうと、急勾配の坂道をつんのめるように降りていったら、坂下に、一匹の亀がいる。ピカピカとバブリーに黄金色に輝いていた。

見間違いかと目を改めたが、純金風亀はクイっと頭をもたげ、小さな目を一杯に開くと、わたしのほうを挑戦的に見た。

おはよ。長く生きてるもんで、たまには池を抜け出したくなってってね。

水底から湧いたような、初めて聞く、くぐもった亀声。びっくりもしていない自分自身を、自分でも意外に思いながら、そういえば、近くに神社があると思った。

もしや、八幡神社の亀さん？

そうだよ。

と間髪入れずに威勢の良い返事。

勤め先が潰れて、行く先もないわたし。いよいよ坂道で亀と立ち話かよと、この状況に絶望しながら地球最後の日を思う。

どれくらい生きてるの。

忘れたよ。けど、つい最近、浦島を乗せて竜宮城へ行ったよ。

自慢そうに言う。

嘘でしょ、と言えば、嘘じゃないとまぜっかえすのも、人間くさく世慣れた亀で、そのうち酒でも飲ませろとか言うんじゃないかと思っていると、案の定、

朝定食とか、このへんで食える店、知らない？　飲めるともっといいんだけど、ときた。

バカ言わないで。朝から飲ませるところなんて、たとえあっても、わたし知らない。飲めないもん。

なんだ、あんた、下戸かい。

バカに仕切った顔である。

憤慨していると、大阪にはあるんだ、と言う。

「朝から飲める店」、これが店名だよ。新幹線の発着駅、新大阪にあるよ。別名、難波食堂ともいう。そこじゃ、年齢は関係なし。みんなタメ口、よろこびに満ちた顔で、朝から

いい気分になる。

あんた、新幹線にも乗るんだ。

亀がわたしをあんたと呼ぶので、わたしも亀をあんたと呼んでみる。すると、亀の目がつりあがった。

亀を亀扱いするのも、ほどほどにしてくれよ。亀だって空も飛べるし、借金もする。新幹線にも乗るし、人を好きにもなるさ。

ええっ。

内心、動揺したが、まあ、フライパンや雑巾なんぞも空を飛ぶご時世だから。

すると亀も、
最近はどうも、重力がかかりにくくなった。地上からモノが、薄いハムみたいに浮き上がってる。人間もさ。こんな世は末期だよと、軽く言うのだ。

そしていきなり脈絡もなく、
あんたんちへ連れていってくれないかい？

そのときは、何年か何万年か知らないが、長すぎる命が急に可哀想になった。

高飛車な亀だが、結構人懐っこい。人間の男なら用心もするが、相手は亀だ。

いいよ、と即答した。

ついておいでよ。信号ではちゃんと止まってよ。車に轢かれたら、何万年の命も、一瞬にしておしまいだから。

わかっとるわい。

亀は一見、ゆっくりとした歩みながら、その実、素早く足を繰り出した。パン屋経由でアパートに着いたときには、相当に疲れたのか、あるいは、メッキがどこかで剥がれ落ちたのか、黄金色もすっかり色あせ、惨めなほど地味な、水苔の生えた池の色に落ち着いていた。

一息ついたところで、
酒っていってもこんなのしかないんだけど。

と、ときどき、料理にも使ってる、「酒道　粋人　辛口」というのをお猪口についで差し出す。

あんたはいい人だ。

亀は途端に顔をほころばす。

いつまでもいてくれていいのよ、なんて、飲めないわたしまで、酔ったようになって、自分とも思えない情けの深いセリフを吐いていた。優しくし過ぎたと、後になって後悔しても遅い。

結局、池色の亀は、そのまま、わたしのアパートにいつき、何年かが過ぎた。

その間、亀はわたしのことを「あんた」と呼び続け、わたしは亀のことを、いつしか亀崎さんと呼ぶようになっていた。

そんな亀崎さんが、ある日、いなくなった。部屋に甲羅が残されていて、それは間違いなく、渋い池の色の、あの亀崎さんのものだった。新幹線にも乗れるのだから、人間の男と同じ、出奔したのだろう。

亀崎さんは息がとても臭く、それは最初の頃には、耐え難いものだった。だが、不思議なことに、いつしか平気になり、いなくなってみると、むしろ懐かしい。

そしてわたしは今、泣き出したくなる感情を抑えている。いつのまにか亀崎さんを、好きになっていたのだろうか。亀崎さんのほうの気持ちは、まったくわからないが。

月影の照らす夜道を、一人と一匹とで歩いていると、わたしはよく、からかわれたものだ。

いつも一人だね。寂しくないの。

なかには恥ずかしくなるようなことを言って、わたしを挑発したり、誘惑しているつもりの男たちもいた。わたしは何を言われても平気だった。そんなときも、亀崎さんが背後から、気にするな、と小声で励ましてくれた。

なぜ、みんなには亀が見えないのか。月の光で、わたしたちのいびつな影が、あんなにはっきりと路上に揺らめいていたのに。

そんなわけで、亀がいても、いなくなっても、わたし以外の誰一人、気に掛ける人はいなかった。

残された甲羅のくぼみに、わたしは今、真珠のイヤリングと、指輪を入れている。

どちらも亀崎さんがくれたものだ。

どうしてこんなもの、持っているの。もらっていいの。

動揺するわたしに、あのとき、亀崎さんは言った。

盗んだものじゃないよ。安心しなよ。いつか、とっておきの人にあげようと、歯の後ろに隠しておいた。あんたには真珠が、よく似合うと思っていたけど、ほんとにそうだった。

そう言って静かに笑った。

亀の笑い声を初めて聞いた。す、す、す、という、ススキの触れ合うような上品な音だ。本当に亀なんかいたのかよと、誰もが思うだろう。実はわたしもときどき、わからなくなる。

そういうときは、酒瓶を覗く。まだ、亀のいないころ、確かに口元まで、いっぱいあった酒。いまやそのかさが、だいぶ低くなり、底のほうに、わずかを残すだけだ。

それを飲んだのは時間ではないだろう。

これがほんとうのあとがき

本書は、方丈社WEBにて連載した「影を歩く」（二〇一七年〜二〇一八年）を中心に、数編の書き下ろしを加え、新たに構成したものです。

書き下ろしは、「水鏡」「あみゆるよちきも」「象を捨てる」「面影について」のほか、各章冒頭に置いた「詩」、そして、まえがきとあとがきに寄せて書いた掌編です。ちなみに第1章の詩「油揚げ」は、『銀座百点』に既発表の詩を、大幅に改稿したものであることをお断りします。

連載時より、方丈社編集部の皆さま、とりわけ清水浩史さんには大変お世話になりました。影のイメージを追い続けるトンネルのなかで、後先になって励まし、ときには誘導して下さったことに、心より感謝を申し上げます。

二〇一八年一一月

小池　昌代

著者略歴

小池《こいけ》昌代《まさよ》

一九五九年東京・深川生まれ。詩人・小説家。津田塾大学卒業。
主な詩集に『永遠に来ないバス』（現代詩花椿賞）、『もっとも官能的な部屋』（高見順賞）、『夜明け前十分』、『ババ、バサラ、サラバ』（小野十三郎賞）、『コルカタ』（萩原朔太郎賞）、『野笑 Noemi』、『赤牛と質量』。小説集には『感光生活』、『タタド』（表題作で川端康成文学賞）、『たまもの』（泉鏡花賞）、『幼年 水の町』など多数。
主なエッセイ集に『屋上への誘惑』（講談社エッセイ賞）、
アンソロジー詩集に『通勤電車でよむ詩集』『恋愛詩集』『おめでとう』などがある。

影を歩く

二〇一八年一二月一一日　第一版第一刷発行

著者　小池昌代
装幀　後藤葉子（森デザイン室）
DTP　山口良二
発行人　宮下研一
発行所　株式会社方丈社
〒一〇一-〇〇五一
東京都千代田区神田神保町一ノ三二　星野ビル2階
電話　〇三（三五一八）二二七二
ファックス　〇三（三五一八）二二七三
http://www.hojosha.co.jp
印刷所　中央精版印刷株式会社

ISBN978-4-908925-41-2